JN311236

妻になれたら

黒崎あつし

幻冬舎ルチル文庫

CONTENTS ✦目次✦

一夜妻になれたら

✦カバーデザイン=清水香苗(CoCo.Design)
✦ブックデザイン=まるか工房

イラスト・高星麻子✦

一夜妻になれたら

1

その人をはじめて見たとき、近江佑樹《おうみゆうき》は不自然に鼓動が早まるのを感じた。

（……どうして？）

見慣れた常連客ではなかったからだろうか？

それとも、どこか異国の香りがするその人の風貌《ふうぼう》を少し珍しく感じたから？

いや、もしかしたらその人のせいではなく、その人と共に店内へと吹き込んできた外からの冷たい秋風に、単純に身体《からだ》が反応しただけだったのかもしれない。

そんな体調の変化に気を取られてしまったのは、ほんの一瞬のこと。

すぐに気を取り直して、顔に馴染《なじ》んだ営業用の微笑《ほほえ》みを浮かべた。

「いらっしゃいませ。――五百川《いおかわ》さん、お久しぶりです」

佑樹は、その初見の客を伴って訪れた、顔馴染みの五百川に親しげに話しかけた。

「やあ、佑樹くん、久しぶりですね。今日はお粥《かゆ》やってますか？」

「小豆《あずき》入りの五穀粥でよろしければ」

「いいですね。それをふたつ頼めますか？」

「そちらの方もお粥でいいんですか？　他にもメニューはありますよ」

初老と言ってもいい年齢の五百川と違い、その男はまだ三十代ぐらいに見える。働き盛りの男性が昼食にお粥では満足できないだろうと思って聞いてみたのだが、「大丈夫、気を遣わなくてもいいんですよ」と、五百川が男より先に答えた。

「彼、接待続きで二日酔いなんです」

「ああ、そういうことなら、今日はシジミ汁がご用意できますよ。――いかがなさいます？」

一歩引いた場所で佑樹と五百川との会話を黙って聞いていた男は、佑樹の直接の問いかけに、「是非《ぜひ》よろしく」と、軽く首を傾《かし》げて微笑んだ。

二日酔いと言っても軽いものなのだろう。具合の悪さはその表情からは窺えない。

軽く笑みを浮かべる表情は気障《きざ》でさえあったが、ちょいと個性的な鷲鼻《わしばな》で異国風の顔立ちをしているせいか違和感はなく、むしろその容貌にとてもよく似合っていた。

（少し外国の人の血が入ってるみたい）

柔らかなウェーブがかかった焦《こ》げ茶色の髪に、照明を弾《はじ》いて飴色《あめいろ》に光る瞳《ひとみ》。長身だからすらりとして見えるが、仕立てのいいスーツの下の身体は案外がっしりしていそうだ。

気障な雰囲気があるせいかちょっとばかり非日常の気配がして、まるで俳優のように見栄えがする男だ。

ついうっかり物珍しい初見の客をしげしげと眺めてしまっていた佑樹に、「落ち着いた佇《たたず》まいで、なんともいい雰囲気の店ですね」と男が話しかけてくる。

その低音の声もなかなかの美声で、耳に甘く響いてくすぐったい感じがした。

「あ、ありがとうございます」

（いけない。仕事中だった）

お客さんを観察するなど無礼にもほどがあると目線をそらしかけて、ふと気づく。

相手もまた、こちらを不躾《ぶしつけ》なほどに眺めているらしいことに……。

「……あの？」

しげしげと眺めたことで機嫌を損ねてしまったのだろうかと佑樹が戸惑っていると、「ああ、失礼」と、男はその大きめな唇に気障な笑みを刻んだ。

「店以上に、君の雰囲気が――」

「はい、そこまで」

なにか言いかけた男の言葉を、唐突に五百川が遮った。

「佑樹くん、そろそろ席に案内してもらってもいいかな？」

「あ、はい」

男がなにを言おうとしていたのか、佑樹はその言葉の続きがちょっとだけ気になったが、お客様をいつまでも立たせたままでいるわけにはいかない。

「どうぞ、こちらへ」

慌てて気を取り直し、営業用の微笑みを浮かべてふたりを店の奥へと招き入れた。

佑樹が働いているこの店の名は『緑陰庵《りょくいんあん》』という。

かつて近江家の茶室として使用されていた、茅葺《かやぶ》き屋根の古庵を改装して作り上げた和風の店構えで、喫茶店と定食屋とを足して二で割ったようなお食事処《どころ》だ。

この店ができたのはちょうど十三年前、佑樹が中学生だった頃のこと。

財産家の跡取り娘であった母親が、疎遠になりがちだったご近所とのコミュニケーションを取るべくはじめた、持ち出し必至で採算無視の趣味の店である。

その母親も八年程前に病気で亡くなり、それ以降、佑樹が跡を継いだ。

母親がそうしていたように十一時から四時までの間、彼女と同じように和服姿でお客様をお迎えしては、ひとりで店を維持し続けている。

店内には、中央に囲炉裏端をしつらえた一段高い畳敷きの座敷があり、それを取り囲むようにテーブル席が五つある。

囲炉裏端には、たいてい常連客である男女取り混ぜたご近所のお年寄り達が数人、時間帯によってメンバーを入れ替えつつ、ちょこんと座布団に座って、湯飲み茶碗《ぢゃわん》を手に食後に世間話をしつつ囲碁や編み物等に興じている。テーブル席のほうには子育て世代の近所の主婦達が、子供が学校に行っている間の気晴らしに訪れるのが常だ。

一応、定番メニューはあるのだが、いつも長居しているお年寄り達が、たまに所場代とばかりに採れたての新鮮な食材を持ち込むことがあるので、その食材に合わせた臨時メニューなども出す。

常連客の半数近くが高齢の人達なので、その健康に配慮して、定番メニューは野菜多目で薄味のさっぱりしたものばかり。ダイエットにちょうどいいと主婦達にも好評だ。

緑陰庵は近江家の裏庭の中にあるせいで、出入り口があまり車通りの多くない道路に面しているし、道路からこんもりと木々が生い茂った遊歩道へと入って三分以上歩かなければならない場所にある。

表看板などは一切出してないので、店の存在を知っているご近所の常連客以外の人が訪れることはほとんどない。常連客ばかりだから、佑樹ひとりで店を回しているせいで注文が滞ることがあっても文句を言われたりはせず、勝手に自分でお茶を淹《い》れては世間話に興じて注文の品が整うのをのんびりと待ってくれるのが常だ。

変化のないこの優しい環境に奇妙な閉塞《へいそく》感を覚えることがあるが、顔馴染みの人々だけを相手にする気楽さにすっかり甘えて安心している部分もある。

(久しぶりにはじめてのお客さんが来たから、ちょっと調子狂っちゃったな)

顔馴染みの人達ばかりとはいえ、人様の口に入るものを日々提供しているのだから、この優しい環境に慣れすぎず、普段から緊張感を忘れないようにしないといけないだろう。

佑樹はちょっと反省しつつ、五百川達にお茶を出した。

「すぐにご用意しますので、もうしばらくお待ちくださいね」

「時間はあるから、焦らなくてもいいですよ」

「はい、ありがとうございます」

常連客ばかりのこの店では、初見の客を伴って訪れたときは、佑樹にその人を紹介するのがお約束みたいになっている。

今までは五百川もそうしてくれていたから、今回もそうしてくれるだろうと思ったのだが、どうしたわけか五百川は同伴者の男を佑樹に紹介しようとはしない。

(……うっかり忘れちゃったのかな)

紹介してくれなきゃ料理を出さないとか、そんなルールがあるわけではないから、紹介するもしないもお客さんの勝手で、佑樹がどうこういうようなことじゃない。

(さっきの言葉の続き、ちょっと聞きたかったんだけど……)

男と話をするきっかけが得られなかったことが、ほんの少しだけ残念な気がした。


それから三日後、佑樹はその男の名前を知った。

男の名は、十和田《とわだ》繁之《しげゆき》。

五百川と同じイベント企画会社に勤めていて、三十代半ばの独身。

異国風に見える顔立ちは祖父譲りで、ああ見えても生粋の日本人なのだとか……。

すっかり緑陰庵を気に入ってひとりで来店してくれた十和田に対し、いつも囲炉裏端で暇している常連客のお年寄り達が寄ってたかって話しかけ、むしり取った情報だった。

その後も十和田は、週に一、二度のペースで緑陰庵に顔を出した。

人懐こく話しかけてくるお年寄り達との会話が気に入ったのか、食事を終えると一段高くなっている囲炉裏端の畳に直接腰かけて、彼らと延々長話をしていく。

長い足を組み、ネクタイを緩めて、お茶を飲みながらお年寄り達と話す姿は、すっかりくつろいでいるようにさえ見える。

年寄りの長話というやつは若い世代には比較的敬遠されるものだが、十和田はむしろ自分から望んで話しかけている節があった。

「ちょっと珍しい方ですね」

そんなこんなを、ちょうど一番暇な時間帯に、やはりひとりで来店した五百川にお茶を出しつつ話してみると、「まさか十和田くんがひとりでこの店に出入りするようになっていたとは……」と、五百川は笑顔のままでちょっと眉根《まゆね》をひそめるという実に器用な真似《まね》をした。

「佑樹くんに話しかけてくることはありませんか？」

「僕には挨拶《あいさつ》程度ですよ」

五百川に遮られてしまった言葉の続きが気になってはいるのだが、あれから随分と日が経《た》ってしまっているし、わざわざこちらから聞くのも変な気がして切り出せないまま。というか、どうしたわけか十和田は、お年寄り達とばかり親しくなって、佑樹にはちっとも歩み寄ってきてくれないのだ。

たったひとりで店を回している佑樹の時間を無駄にしないようにとの気遣いから、話しかけてこないだけなのかもしれないが……。

「あの通り、ちょっと印象的で格好いい人だから、女性のお客さん達も興味津々みたいなんですけど、そちらに話しかけられてもあまり気乗りしないみたいで……。囲炉裏端のお年寄り達の話し相手ばかりしてます」

「十和田くんはお祖父《じい》さんっ子だったらしくて、あの年代の方々とおしゃべりするのが大好きなんですよ。それに彼はゲイですからね。同年代の女性達に声をかけられても、さして嬉《うれ》しくもないんでしょう」

「そうなんですか」

五百川のごく自然な口調に釣られて、佑樹はその話題にさらりと頷《うなず》いた。

が、すぐに言われた意味を反芻《はんすう》し直して、ええ？　と首を傾げ、思わず狼狽《うろた》えてしまう。

「……って、え？　あの……」

（――ゲイ？）

オネエと通称されている芸能人をテレビで見るのが当たり前になってしまった昨今、その言葉の意味は当然知っている。

だが、この店を継ぐために大学を中退して以来、常連客と商売上の取引相手としか顔を合わせないような生活をしてきて、リアルの生活にその手の話題が拘《かか》わってくることもないものだから、現実感のない言葉に、佑樹はつい過剰反応してしまっていた。

「佑樹くんは、本当に箱入りですねぇ」

そんな佑樹を見て、五百川が穏やかに微笑む。

「いま手が空いてるのなら、ちょっと座りませんか？」

「はい」

促されるままテーブルの向かい側に座ると、五百川は囲炉裏端にいる老人達に聞こえないよう、声をひそめて話しはじめた。

「そういうセクシャリティの人に出会ったことがなかったのでしょうから、佑樹くんが戸惑う気持ちもわかります。でも、特別に考えることはないんですよ」

少しばかり恋愛の方向性が違うだけで、通常の人々と変わるところはなんらないのだと、五百川が言葉を選びながら佑樹に教え諭すように話す。

ちょっと過剰反応してしまったが、佑樹だって決して偏見を持っていたわけではない。

言われるまでもなく、差別するつもりも嫌悪するつもりもないのだが、佑樹は特に反論もせずに神妙な顔で五百川の言葉に頷いていた。

（五百川さんは変わらないな）

五百川との出会いは、佑樹が幼稚園児だった頃まで遡《さかのぼ》る。

その当時の五百川は、近江家の顧問弁護士だった。

近江家に定期的に訪れる度、世間知らずの箱入り娘である母親に育てられていた佑樹が、世話の常識から大きく外れて育たないようにと思ってか、進んで話しかけてきてくれて細々とした世間の一般常識を教え諭そうとしてくれたものだ。

五百川が突然弁護士を止め、一般企業の顧問のような仕事をするようになってからも、月に何度かは自宅やこの店に顔を出しては、佑樹のことを気にかけてくれている。

父親との縁が薄い佑樹にとって、五百川は父性の象徴のような存在でもあり、教え諭してくれようとするその姿勢に感謝こそすれ、逆らう気持ちになど到底なれやしない。

「わかりました。これからも今まで通り、変わらずに接するようにします」

素直に応じる佑樹に、「そうしてあげてください」と五百川は嬉しそうに相好を崩《くず》した。

「五百川さんは、十和田さんを随分と気に入ってらっしゃるんですね」

「そうですね。少し癖の強いところはありますが、頭が切れて、味方にすれば実に心強い男ですからね」

「どういうお仕事をしてらっしゃるんですか？」

「彼は自称経営コンサルタントですよ。普段は、うちの営業達のお守りをしてくれてますけどね」

「経営コンサルタント……ですか」

社会経験もないままに自宅の敷地内にあるこの店で働きはじめた佑樹は、正直言ってかなり世間に疎い。

経営コンサルタントという言葉はなんとなく聞いたことがあったが、実際にどんな仕事をするのか具体的な想像ができるほどの知識はなかった。

「わからない？」

軽く首を傾げる佑樹を見て、五百川が目を細める。

「まあ、特別に資格が必要な仕事でもないからね。……簡単に言えば、経営上の問題を解決するための助言や支援をする者のことですね」

税理士、ファイナンシャル・プランナー等の胡散臭《うさんくさ》い資格を沢山《たくさん》有しているという十和田は、以前はヘッドハンティングされるまま、コンサルティング系の会社を渡り歩いていたのだと言う。そして、ひょんなことから現在勤めている会社の社長や五百川らと知り合い、会社の立ち上げからずっと一緒にやってきた。

言うなれば、戦友みたいなものだと五百川は言う。

十和田曰《いわ》く、顧客の会社に助言するのはちょろいものだったが、会社の立ち上げから拘わり部下まで持つ身となった今、自分の会社の方向性を定めるための助言をするのはなかなか面倒臭い。よくそんな愚痴を言って笑っているのだとか……。

（面倒臭いって……）

そういうことを表だって言ってしまってもいいものなのだろうか？

勤め人としての経験がない佑樹からすると、とんでもない失言にも思えるのだが、五百川は一向に気にした様子がない。

そんな佑樹の気持ちを察したのか、「手を抜けないから面倒臭いんですよ」と五百川が穏やかに言う。

「責任感を持って仕事をしてくれているんでしょう」

「ああ、そういうことですか……」

裏を返せば、それ以前の顧客達に対してはさして責任感を抱いてなかったってことになるのだが、佑樹はそこら辺にはまったく気づかないまま、それならばいいのかとすんなり納得していた。

生来、佑樹は生真面目《きまじめ》で素直な性格だ。

だがちょっと困ったことに、頑固で融通がきかないところもある。

一度気になったり引っかかったりすることができてしまうと、それを上手に受け流すことができず、納得するまでその場で思考が足踏みしてしまうのだ。

そのせいで、学生時代の友達からはちょっと面倒臭い奴だと思われがちだったが、この店の高齢の常連客達はそんな佑樹の性格をわかっていて、「また佑ちゃんの拘《こだわ》り癖が出たよ」と笑いながら、佑樹が納得できるまでのんびりと話にもつき合ってくれている。

実にありがたいことだ。

「今度、僕も少し十和田さんに話しかけてみようかな」

五百川のお墨付きだし、年寄りの長話に延々とつき合える気の長さがあるのならば、佑樹の拘り癖もそんなに気にしないでいてくれるかもしれない。

女性客ならば比較的若い層もいるのだが、男性客となるとほとんどが高齢で、佑樹はほぼ同年代の同性の話し相手に飢えていたのだ。

「それは止めたほうがいいね」

独り言のつもりで呟《つぶや》いた言葉に、五百川が答えた。

「どうしてですか?」

「少し前に話したことをもう忘れちゃったのかな?」

「えっと……」

軽く首を傾げた佑樹は、「ああ、ゲイだっていう話ですね」と思い出す。

「でも、そのことを特別に考えることはないと言ったのは五百川さんでしょう?」

「確かに言いましたが、それは接客する上での心構えみたいなものですよ。わざわざ狼《おおかみ》の口の中に自分から入っていくこともないでしょう」

「狼の口って……。食べられちゃうってことですか？」

「ええ、そうです。君なんて、きっとひと飲みです」

「やだな。僕は赤ずきんちゃんじゃないですよ」

五百川が冗談を言うなんて珍しいと思いながら、佑樹は微笑む。

だが、五百川は困ったものだと言わんばかりに溜《た》め息をついた。

「そういう意味で、『食べられる』と言ったわけじゃないんですけどね」

「え？」

じゃあ、どういう意味だろうと真剣に考えて、遅ればせながら気づく。

食べられる、という言葉に、世の人々が食物摂取とは違う、色っぽい意味合いを含ませることもあるのだと……。

「でも、僕がそういう対象になるとは思えないんですけど……」

切れ長の瞳で細面の薄幸そうな美人だった母親に似た極端な女顔で、身長は辛うじて平均程度。だが極端なな で肩で、不健康なぐらいに肌は白く、体型を誤魔化《ごまか》しにくい和服に身を包んだ身体は、自分でも嫌になるぐらい薄っぺらい。

緑陰庵で働くようになってからは定期的に床屋まで外出するのが億劫《おっくう》になってしまい、気がついたら肩口まで伸びてしまった髪を、いつも後ろでひとつに括《くく》っている。そのせいで女顔にも拍車がかかっていた。

男性らしさというものに縁がない自分に、ゲイの十和田が興味を持つとは思えない。

佑樹がそのことを指摘すると、「これだから」と五百川は苦笑した。

「普通の恋愛観を持つ男性だって女性の好みは千差万別でしょう？ それと同じことですよ。——私が知ってる限り、十和田くんの好みは、中性的な容貌で細身の綺麗《きれい》な人です。君はその条件にぴったりだと思いますけどね」

（僕がぴったり？）

そう言われて、まず最初に感じたのは、ちょっとした照れ臭さだ。

同年代の子供達より成長が極端に遅くて、身長が伸びはじめたのが遅かったせいもあって、ひ弱そうに見える佑樹は同年代の女の子達からは恋愛対象として扱われることがなかった。やっと人並みの身長になった頃にはもうこの店で働くようになっていて、出会い自体が皆無になってしまっている。

相手が男性というイレギュラーな事態ではあるものの、こんな自分でも誰かから恋愛対象として見られることもあるのだと、妙にこそばゆい感じがしたのだ。

「十和田くんに興味を持っちゃ駄目ですよ」

そんな感情が表情に出てしまったのだろう。唐突に、五百川にそう言われた。

「興味はちょっとありますけど、でも僕はゲイじゃないから、五百川さんが心配するようなことにはなりませんよ」

「さて、どうでしょうかね」

五百川は、いつも柔和な笑みを浮かべている顔を珍しく厳しく引き締めた。

「佑樹くんは、世間知らずでちょっとお人好《よ》しなところもあるから、十和田くんにちょっかい出されたら、案外あっさり騙《だま》されてしまいそうで心配です」

「騙されるだなんて……。十和田さんを気に入ってらっしゃるんじゃないんですか？」

「もちろん気に入ってますよ。ですが、こと恋愛面に関して、彼は少々問題があるものでね」

「どんな問題ですか？」

「十和田くんはね、かなりの遊び人なんです」

「遊び人？」

そう言われて佑樹が最初に連想したのは、料亭やキャバクラなど、玄人《くろうと》さん相手の遊びだった。

五百川にそれを言うと、「違いますよ」と苦笑された。

「彼はそういう遊びはしませんから」

ゲイバーなど、同類の人々が集まる場所に出向いてはあちこちで恋を仕掛けて、引っかかった相手と遊んでいるようだと五百川は言う。

だがその関係は、適当なつまみ食い程度のもので、決して真面目なものではないと……。

「しかも困ったことに、自分好みの相手を見つけると、相手のセクシャリティに関係なくちょっかい出すんですよ。――はじめてこの店に連れて来たときだって、佑樹くんになにか言いかけていたでしょう？」

「僕に？……ああ、もしかして、五百川さんが不自然に会話を遮ったときのことですか？」

「そうです。君の雰囲気がどうのこうのと、歯の浮くようなことを言わんとしているのがわかったので、邪魔させてもらったんですよ」

「あれって、邪魔してたんですか」

「人の恋路を邪魔するのが野暮《やぼ》だってことは百も承知ですが、彼の場合、ちょっとばかり問題がありますからね」

本人曰く、その相手をいわばアイドル視して、その美点を褒め称《たた》えることで、自分勝手に楽しんでいるだけなのだとか。

だが、ごくたまに、褒め称えられすぎてその気になってしまったのか、それとも好奇心から か、十和田の誘惑に応じる相手もいるらしい。

どうやら、そのせいもあって、五百川は佑樹のことを心配してくれていたようだ。

「十和田くんは、あの容姿ですからね。やはり、かなりもてるみたいです。彼が言うには、結婚というゴールを持たないゲイの人達は、その手の刹那《せつな》的なつき合いを楽しむような恋愛観の人が多いんだそうです。――でもねぇ、私はそういうのはどうも駄目なんですよ。男女関係なく、やはり恋愛には誠実であるべきでしょう」

佑樹くんもそう思うでしょう？　と問われて、佑樹は深く頷いた。

「僕も不誠実なのはよくないと思います。そういう人はあんまり好きじゃないです」

「そうですよね。安心しました」

うんうんと五百川が好々爺《こうこうや》の顔で微笑む。

「これからも十和田くんとの接触は、今まで通り挨拶程度に止《とど》めておいてください。万が一、セクハラまがいのことを言われるようなことがあったら、すぐに私に連絡してくださいね。叱《しか》ってあげますから」

「はい、わかりました」

五百川の保護者然とした言葉が嬉しくて、佑樹は深く頷いた。

（でも、セクハラって……）

同性同士であっても、そこにセクシャルな意味合いがある場合は、そういう言い方をするものなのだろうか？

（事情を知らないままで、ちょっかい出されてたら、きっと困ってただろうな）

祖父母の年代の常連客に、笑顔が可愛《かわい》いとか働き者だとかって誉《ほ》められるのとはわけが違う。

比較的近い年代の人に誉められたり、おだてられたりしたら、どう受け流していいものかわからず、戸惑って赤面してしまいそうな気がする。

(本当にその手のことを言われたらどうしよう)

言われた経験がないだけにスマートに対応できる自信がない。

冗談ばっかりと笑って受け流せばいいのか、そういうことを言うのは止《や》めてくださいと毅《き》然《ぜん》とした態度を取ればいいのか……。

もちろん、ただの取り越し苦労だし、考えたところで正解なんてわかるはずもない。

それでも悩み事に引っかかって足踏みする悪い癖が出て、あれやこれやと考え続けてしまっているうちに、ふと気がついたら十和田のことを妙に意識するようになってしまっていた。

なにか言われたらどうしようと緊張するあまり、今まで通り普通に接することができず、挨拶の声や表情がどうしてもぎこちなくなってしまうのだ。

(十和田さんのこと意識しすぎだ)

普通にしてなきゃと思えば思うほど、態度がぎこちなくなり挨拶の声も硬くなる。

「佑ちゃん、もしかして、あの兄ちゃんが苦手なのかい?」

その対応のあまりの不自然さは、常連客のお年寄り達が指摘するほどだ。

「そ、そんなことないですよ」

笑って誤魔化してはみたものの、「いいよいいよ。無理すんな。人間誰でも苦手はあるもんさ」と肩を叩《たた》かれた。

「佑ちゃんには私達がついてるからね。ちゃんとフォローしてあげるから安心しないで」

それ以来、十和田が来店すると、お年寄り達が率先して注文を取ってはお茶を出し、頼んでもいないのに完成した料理をいそいそと運んだりするようになった。

最初のうちこそ気障な雰囲気が漂う十和田を敬遠していた者もいたのだが、十和田が足繁《あししげ》く通ううち、いつの間にかすっかり馴染んでしまっていたようだ。

「いけすかねぇ奴かと思ったが、話してみるとこれが案外気さくでいい奴なんだ。佑ちゃんも、きっとそのうちわかるさ」

などと言われるに至って、佑樹は心密《ひそ》かにむっとした。

（いつ、どうやって、わかるようになるって言うんだろう）

わかり合おうにも、お年寄り達に阻《はば》まれて、佑樹が十和田と顔を合わせるのは、今ではお会計のときだけという有り様なのだ。

これでは、常連客のお年寄り達に協力してもらって、まるで故意に佑樹が十和田を遠ざけているように思われてしまいそうなぐらいだ。

（別に嫌っているわけじゃないのに……）

ただ答えの出ない問題に引っかかってあれこれ考えすぎたせいで、その気まずさから十和田の顔をまっすぐ見れなくなって、ほんのちょっと態度がぎこちなくなってしまっただけ。

せっかく十和田がこの店を気に入って通ってきてくれているというのに、このままでは店主に嫌われているなどという変な誤解から、足が遠のくようなことになりそうだ。

そういう後味の悪い事態にだけは陥りたくなかった。

それに、いそいそと十和田の面倒をみているお年寄り達を見ていると、ちょっとだけ不愉快な気分にもなる。

店主の自分を差し置いて、みんなで十和田を囲んで楽しそうにしているだなんて……。

十和田も十和田だ。

好みのタイプのはずの自分をいつも完全にスルーして、お年寄り達ばかりに、あの気障な笑みや、艶《つや》のある甘い美声を大盤振る舞いしているのだから。

これって、ちょっとおかしくはないか？

（中性的な容貌の人が好みだなんて、嘘《うそ》なのかも……）

ショタコンやロリコンという言葉があるが、高齢者を好む者のことはなんと言うのだろう？

などと真剣に考えだしたところで、ハっと我に返る。

（別に十和田さんがどの年代を好きでも、僕には関係ない話だ）

そう、ただ店主として、自分がないがしろにされているようなこの現状が少しばかり気にくわないだけだ。

というか、そもそもこうなってしまったのは、自分が十和田を過剰に意識しすぎているせいで、お年寄り達に対してむっとするのもただの八つ当たりだ。

このままでは理不尽に八つ当たりする駄目な人になってしまう。

素直に反省した佑樹は、十和田と接することができる唯一の機会である支払いの後、とりあえずこちらに敵意はないのだとわかってもらえるよう、にっこり微笑みかけてお見送りしてみようと考えた。

（ちゃんと通路に出て、きちんと頭も下げよう）

万が一、十和田に変な誤解をされていたとしても、いつもありがとうございますと微笑みかければ、その誤解もきっと解けるはず。

面と向かってきちんと挨拶することができるようになれば、いずれは普通に会話することだってできるようになるはずだ。

店主として、どんな客が相手でも、きっちりと接客しなければ。

そんな決意の元、いつものようにランチに訪れた十和田の帰り際、佑樹はいつものように顔を伏せたままで会計を手早く済ませ、その後そそくさとカウンターから通路へと出た。

意を決して顔を上げ、ここ最近直視できずにいた十和田の顔をまっすぐ見上げて、そのまま微笑みかけようとしたのだが……。

（——あれ？）

十和田の顔が視界に入ってすぐ、ふと気づくと、どうしたわけか自分の首が勝手にクイッと横に動いていた。

そのせいで、十和田の顔が強制的に視界から追い出されてしまう。

(な、なにやってるんだろう?)

目の前に立った直後に相手からぷいっと顔を背けるなんて、これでは、おまえなんか嫌いだとわざわざ意思表示する子供みたいではないか。

(嫌ってないですよって意思表示するつもりだったのに、これじゃあ逆効果だ)

佑樹本人はすっかり混乱しているというのに、脳内で何度もこのシーンをシミュレーションしていたせいか、そうしている間にも身体は勝手に動く。

「いつもありがとうございます」

顔を思いっきり背けたまま、気がつくと十和田に向けて深々と頭を下げていた。

ただし、その表情はシミュレーションとは違って、内心の焦りそのままに思いっきり眉根を寄せていたが……。

(感じ悪い)

しかめっ面でそっぽを向いた状態では、お辞儀をしたところでなんの意味もない。

(ああ、もう、どうしよう)

自分の不様な行為が情けないやら恥ずかしいやらで、顔が上げられない。

お辞儀したままの状態で固まっていると、頭の上でふっと小さく笑う声がして、ぽんと軽

く肩を叩かれた。

「ごちそうさま。今日もいつも通り、とても美味《おい》しかったよ」

その大きな手の感触に硬直している佑樹に、余裕のある、ゆったりとした気障な口調で十和田が言う。

佑樹の無礼な態度に機嫌を損ねてはいないどころか、耳に甘く響くその声からは、むしろ面白がっているような気配すらした。

（十和田さん、絶対いま笑ってる）

大きめの唇の端を軽く上げた、大人の余裕を感じさせる気障な笑みを、その顔に浮かべているに違いない。

（見たい！）

どくんと不自然に鼓動が早まるのを感じながら、佑樹は慌てて顔を上げた。

だが、ときすでに遅く、見えたのは締まりかけた引き戸の隙間《すきま》からほんのちょっと覗《のぞ》く十和田のスーツのみ。

「ああ、もうっ」

佑樹は、思わずその場でひとり悔しがる。

（……手、大きかったな）

軽く叩かれた肩に自分で触れてみて、さっき触れた十和田の手の大きさを再確認したりして……。

「佑ちゃん、なにやってんだい？」

「なにって……」

お客様をお見送りしてたんですよと言おうとして振り返ると、こっちを見ていたお年寄り達が一斉に怪訝《けげん》そうな顔をした。

「どうしたの？　顔が真っ赤よ」

「熱でもあるんじゃねぇか？」

「え、ほんとに？」

咄嗟《とっさ》に手の甲で頬《ほお》に触れてみたら、びっくりするほど熱くなっている。

（……なんで？）

緊張したり、焦ったりしたから？

だからって、こんな火照《ほて》るみたいに頬が熱くなったりするだろうか？

「あら、目も潤《うる》んでいるんじゃない？　やっぱり熱があるのね」

「いえ……あの、なんでもないです。大丈夫ですから」

心配して歩み寄ってこようとするお年寄り達に曖昧《あいまい》に笑いかけ、厨房《ちゅうぼう》に逃げ込みながら、佑樹はそっと和服の胸に指先を当ててみた。

（……これって……）

薄い胸から手の平に伝わってくるのは、常とは違う早い鼓動。

そして、かつてないほど上気している熱い頬。

微《かす》かに目が潤んでいるのは、きっと十和田の気障な笑みを見損ねたのが、もの凄《すご》く悔しかったからに違いない。

このあまりにもベタな反応に、鈍い佑樹もさすがに自分が今どういう事態に陥っているのか否応《いやおう》なく気づかされてしまった。

(僕……もしかして恋をしてる……のかも)

未《いま》だかつて、佑樹は恋愛感情らしきものを抱《いだ》いたことがなかった。

だから、今のこの状態と比較できる感情を知らないのだが、ここ最近、十和田に絡むことにのみ情緒不安定になっていた自分の状態を振り返るに、それ以外の結論がどうしても見当たらない。

(十和田さんのことが、ずっと頭から離れなかったし……)

というか、初対面のあのとき、一瞬鼓動が乱れたのも、もしかしたらそのせいだったのだろうか?

(そうかも。……ってことは、一目惚《ぼ》れ?)

遮られた言葉の続きが妙に気になったのも、ゲイだと聞かされて不自然なほど十和田を意識するようになってしまったのも、自分では気づいていなかった恋心の影響だったのだと考えれば、実にすんなり納得がいく。

（——ああ、もう、最悪だ）

佑樹は心の底からそう思った。


結婚も恋愛もしなくていい。

不仲の両親を見て育ったせいもあって、ずっとそう思ってきた。

思春期を迎え、周囲の友達が恋愛に走るようになっても、佑樹のそんな考えは変わらなかった。

幸か不幸か、ひ弱な外見のせいで女の子達から恋愛感情を向けられることはなかったし、自分の中にそんな感情が芽生えることもなかった。

現実に失敗した結婚生活を見せられ、子供の頃から結婚や恋愛に対して夢を持てずにいたせいだろうと自分では思っていたのだが……。

（そもそも、女性に興味がなかったっていうことか）

男性である十和田に一目惚れしたのだから、つまりはそういうことだったのだ。

はじめて知る自分のセクシャリティに、佑樹はさすがにショックを受けた。

そのショックからなんとか回復した後で胸をよぎったのは、『よりによって』という想い。

（よりによって、恋愛に対して不誠実な人を好きになってしまうなんて……）

恋愛において、佑樹が一番敬遠したいタイプがそれだった。

両親の不仲の原因が父親の浮気だったからだ。

母親からは、ふたりは熱烈な恋愛結婚だったのだと聞いている。

ふたりは通っていた大学で出会い、三年の恋愛期間を経た後に、資産家の箱入り娘だった母親の元へ父親が婿《むこ》入りすることでゴールイン。

だが、その結婚生活は、佑樹が物心つく頃にはすでに破綻《はたん》していた。

父親が外に愛人を作り、家に帰って来なくなりつつあったからだ。

その後、父親は離婚を求めたが、子供には父親の存在が必要だから佑樹が成人するまでは離婚はしないと母親が拒否。

正直言って、家に帰って来ない父親がいようといまいと、佑樹の生活にはなんら変わりはなかった。母子ふたりになっても経済的な問題はなかったし、長く揉《も》め続けるよりも離婚してすっきりしたほうが、自分達家族全員にとっていいことだとさえ思っていたぐらいだ。

それを母親にも言ったのだが、やはり拒否。

『佑ちゃんのためにも離婚はしないつもりなの。両親が揃《そろ》っていたほうがいいに決まっているものね。……それに、お父さんは一時的におかしくなっているだけなのよ。そのうち正気に戻って、この家に帰ってきてくれる。そうしたら、親子三人また仲良く暮らしましょうね』

おっとりとした口調で母親からそう言われて、困惑したのを覚えている。

親子三人仲良く暮らした記憶が、佑樹にはこれっぽっちもなかったからだ。

その後も何度か両親の間では話し合いが持たれたようだが、その度に母親が拒否したらしく離婚は成立しなかった。

最終的に、父親と不倫相手の女性に裁判を起こし慰謝料を請求しない代わりに、二ヶ月に一度、父親が養育費を手に家を訪れ、自分の息子と面会することという条件を母親が出した。

息子が二十歳になったら離婚できるのならばという条件付きで父親がそれを呑《の》み、年に六回、短い挨拶を交わして、お金が入った封筒を玄関先でただ受け取るだけという面会が行われるようになった。

年々育っていく息子の姿を見れば、父親としての愛情が甦《よみがえ》り、いずれは戻ってくるようになるかもしれないと母親は考えていたようだが、実際のところ、別れたいと切望している妻に年々似てくる息子の顔に、父親が辟易《へきえき》しているのは一目瞭然《りょうぜん》だった。

父親に対する思慕の情を捨てられずにいた佑樹にとって、そんな父親の表情を見るのは苦痛でしかなかった。

父親は離婚を成立させたいがためにその苦行に耐え、佑樹はあなたのためなのよという母親のために耐えた。

その頃はまだ、自分のためだという母親の言葉を信じていたからだ。

そしてあと数年でこの苦行が終わると期待しはじめた頃、母親が癌《がん》を患《わずら》った。

発見されたときにはすでに末期だったこともあり、彼女は辛《つら》い治療を一切拒否し、衰えていく姿を知人に見られたくないからと、遠い地のホスピスに入ることをひとりで決めた。

そして彼女は、佑樹と父親との面会日にその出発の日を選んだのだ。

父親が門をくぐるのとほぼ同時に、ホスピスから迎えの車が来て、それに母親は身ひとつで乗り込んだ。

母親が選んだホスピスが完全看護を謳《うた》った高所得者向けの施設だったせいもあって、迎えの車も高級車で施設名等の無粋なペイントは一切なされていなかった。

迎えに来た運転手もまたびしっとしたスーツ姿で、いつもより念入りに化粧をして着飾った和服姿の母親がその車に乗る姿は、事情を知らない人が見れば、きっと誰かの招待を受けて観劇か食事にでも行くところに見えただろう。

「あいつが着飾って出掛けるなんて、珍しいんじゃないか?」

母親を乗せた車が発進するのを共に見送っていた父親に聞かれ、「そうだね」と佑樹は頷いた。

「どこに行ったんだ?」

その問いには、あらかじめ母親から言われていた答えをそのまま告げた。

「僕からは言えない。直接、母さんに聞いて。母さんの携帯の番号は知ってるでしょう?」

「ああ、知っている」

頷いた父親の顔には、なにかほっとしたような微笑みが浮かんでいた。

その顔を見た瞬間、佑樹は遅ればせながらも悟った。

母親がなぜこんな状況をしくんだのかを……。

（母さんは、まだ父さんを愛してるんだ）

熱烈な恋愛の末に周囲の反対を押し切って結婚したのだと聞いていた。

やがて夫の愛情は冷めたが、彼女の愛情は変わらなかったのだろう。

いずれ夫は戻ってくるはずだという夢を見て離婚を拒み続け、ふたりの間に産まれた息子を前面に押し出して父親としての愛情を甦《よみがえ》らせようとした。

（僕のために離婚を拒んでたんじゃない）

そして今、わざと夫の興味を引く方法でホスピスへと出発したのだ。

彼女が病気であることを知らない彼の目に、華やかに着飾った彼女の姿がどんな風に映るかを計算した上で……。

（着飾って会いたいと思うような人が母さんにもできたって思わせようとしたんだろうな）

きっと、少しでも愛情が残っていれば、相手が誰かを知ろうとするに違いないとでも思ったのだろう。

それで夫が連絡してきたら、自分の余命が少ないことを直接告げるつもりだったのかもしれない。

残された日々を共に過ごすために……。

だが、その最後の賭《かけ》は失敗に終わった。

ほっとしたような父親の顔が、それを物語っている。

もしも彼女に他に男ができたのなら、離婚が一足飛びに早まるかもしれない。

父親の顔にはそんな期待の色が浮かんでいたのだから……。

「……まあ、いいさ。次の機会にでも聞くよ」

「わかった」

たぶん、次の機会はないだろう。

そんな確信があったが、佑樹はただ頷いた。

確信は現実となり、その半年後、母親は帰らぬ人となった。

愛した夫から連絡が来なかったことで、彼女は絶望し、すべての気力をなくしたのだ。

自分が産んだ息子にすら会いたいとは思ってくれず、すべての人との面会を拒んだまま、ひとりホスピスで孤独なままその生涯を閉じた。

そのときから、恋愛も結婚もしなくていいという佑樹の思いは誓いになった。

——一生、結婚はしないし、恋愛もしない。

とっくに失っていた愛を虚《むな》しく追い求め続けて、孤独のうちに死を迎えた母親が哀《あわ》れだった。

同時に、自分は彼女にとって、失った愛を取り戻すための道具だったのだということが悲しくもあった。

母親から、まったく愛されていなかったのだとは思わない。

実際問題、彼女は自分の死後、佑樹が困らないようにと財産管理などの問題をすべて五百川と計って完璧《かんぺき》に整えてくれていた。

だが、それだけだ。

彼女は母親としての義務を果たしてくれたが、母親としての愛情を残していってはくれなかった。

彼女の心は、夫に対する愛情だけで占められていた。

かつて夫に愛されていた過去だけを見つめ続けるあまり、目の前にいる息子と新しい未来を築くことを望まなかった。

（……歪《ゆが》んでる）

父親が家に帰って来なくなった原因が、母親のそんな強い愛情故《ゆえ》だったらしいということを、それとなく事情を知っていた周囲の人達がぼそぼそと教えてくれるようになったのは、彼女の死から一年以上が過ぎた後。

愛した夫が仕事先で自分以外の女性と会うことに耐えられず、お金は充分にあるのだから仕事を辞めてくれと理不尽な頼み事をしてみたり、声が聞きたいからと仕事中に何度も電話してくるようになって、徐々に夫の愛情を失っていったのだと……。

家を出る頃には、父親はそんな妻の執拗《しつよう》な愛情に恐怖すら感じていたらしい。

はじめて知った母親の真実が、佑樹は悲しく、同時に哀れにも思えた。

そして、少しばかり怖かった。

(僕は、母さんに似てる)

薄暗がりの中、窓硝子《ガラス》に映った自分の姿を、たまに母親と見間違えてギョッとすることさえあるほどだ。

顔ばかりではなく、その性質も似ていたらと思うと本当に怖くなる。

自分もまた、強すぎる愛情故に不幸になるのではないかと……。

あんな風に、たったひとつの愛だけに執着するあまりに周囲のすべてを拒絶し、絶望の中で孤独に死んでいくくらいなら恋なんてしなくてもいい。

この先、家族を得ることはできなくとも、店の常連客達や五百川等、それなりに親しくしてくれる人々はいる。

狭く深くではなく、広く浅いつき合いで充分。

母親のように、たったひとりの人を失っただけですべてのことに絶望して心を閉ざし、自らを完全な孤独に追いやるような真似はしたくなかった。

本人は愛に殉じたつもりなのかもしれないが、傍《はた》から見たその姿は惨《みじ》めで悲しく、虚しいものでしかなかったから……。

そんな風に意固地になっている自分もまた、どこか歪んでいるのだろうという自覚はあったが、佑樹にはその歪みを直す方法がわからなかった。

会話の端々からそんな歪みが伝わってしまうのか、少し外に遊びに出てみたらどうですかと五百川は勧めてくれるが、緑陰庵という閉じた優しい世界で安穏としすぎていたせいか、気づいたときには見知らぬ人々がいる外の世界に出る勇気が持てなくなっていた。

だが、別にそれでもいい。

経済的に不自由することがないようにと母親が準備していってくれた環境の中、佑樹は変わらない優しい世界に埋もれて生きるつもりだった。

それなのに……。

(まさか、今になって恋をするなんて……)

それも、よりによって一目惚れだ。

ちょっと個性的な十和田の容姿がピンポイントで好みだったのかもしれないが、外見だけに惹《ひ》かれるなんてあまりにも愚かすぎる。

しかも、恋した相手は遊び人なのだから最悪だ。

(でも、考えようによっては運がよかったのかな)

絶対に手に入れられない人だと最初からわかっているから、この恋を叶《かな》えてみたいなどと無駄な望みを抱くこともない。

手に入れさえしなければ、母親のように失った愛に固執して絶望することもない。

恋愛に発展しない完全に一方通行の恋は、むしろ好都合かもしれなかった。

だから佑樹は、片思いというこの状況に早く馴《な》れようと思った。

今まで、必要以上に十和田を意識しすぎていたのは、自分が恋をしていることを自覚していなかったからだ。

どうせ叶わない恋なのだ。

もしかしたらと期待することもないし、よく思われたいと意識することもない。

——好きだけど、それがなにか？

そう開き直ってしまえば、もうなにも怖いものはないはずだ。

そう思って、平常心でいようと思ったのだが……。

（……甘かった）

恋をしていると自覚したせいか、十和田の姿を見ただけで今まで以上に勝手に鼓動が跳ね上がり、仕草はぎこちなくなって頬と耳が熱くなってくる。

前にも増して挙動不審になった佑樹を気遣って、常連客のお年寄り達が十和田の世話をせっせと焼けば、本来ならばそれは僕の仕事なのにと理不尽な苛立《いらだ》ちを覚えたりもする。

これが嫉妬《しっと》というものかと分析する冷静さはあるものの、いざ十和田の前に立つとその冷静さがどこかに消えてしまうのだ。

恋がこんなに厄介なものだとは、正直思ってもみなかった。

ただ想像して頭で考えるのと、実際に経験してみるのとでは、まったく違う。

そもそも、十和田を目の前にすると、思考そのものがどこかに吹っ飛んでいってしまうのだから困りものだ。

(なんで、こんなになるほど好きになったんだろう?)

挨拶程度の会話しか交わしてないし、五百川に聞いた限り、こと恋愛面に関しての十和田は、佑樹からすれば人間として一番信頼が置けないタイプだ。

それがわかっているのに、胸の中で目覚めた想いは消えてくれない。

一目惚れしてしまったその外見の魅力だけに惹かれているのならば、きっと自分はミーハーで薄っぺらい人間なのだろう。

一度気になったり引っかかったりすることができてしまうと、それを上手に受け流すことができない性分だから、ぐずぐずと似たようなことを日がな一日考えては軽い自己嫌悪に陥ってばかりいる。

(このままじゃ駄目だ)

自分の心の中で目覚めてしまった恋心に戸惑ってばかりで、いつまで経っても馴れない。

かといって、この気持ちをなかったことにしてしまうこともできそうにない。

（いっそのこと、告白してみようか）

留《とど》まることも、引くこともできないのならば、進むしかない。

相手は遊び人なのだから、本気の告白など迷惑なだけだろう。

あっさり振られることができれば、恋愛なんてしたくない佑樹にとってむしろ好都合だ。

（あ、でも……下手《へた》すると、遊ばれる可能性もあるのかな？）

こちらが本気だからといって、相手も本気で答えなければならない道理はない。

適当に遊ばれて、飽きたらポイされることだってあるかもしれない。

それは嫌だなと仕事の合間に考え込んでいると、「佑ちゃん」と常連客のお年寄りの声がした。

「ぼんやりしてどうしたの？　最近いつもそうね。具合でも悪いんじゃないの？　ひとり暮らしなんだから、気をつけなきゃ駄目よ」

心配してもらえるのが嬉しくて、佑樹は微笑んだ。

「大丈夫ですよ。ちょっと悪い癖がでて考え事をしてただけで……」

「それならいいけど……。ああ、そうそう。十和田さんが帰られるわよ。お会計してあげて」

お金のことだけは私達じゃお手伝いできないからねと言われて、慌ててレジへ向かうと十和田がカウンターの前で待っていた。

「すみません。お待たせしちゃって」

佑樹は小走りで十和田の元へ向かう。

「いや、そんなに慌てなくてもいいから」

そんな佑樹に、十和田はふっと穏やかに微笑みかける。

いつもは俯きがちに近づくのだが、このときは慌てていたせいもあって、十和田の顔ははっちり佑樹の視界の中央に入っていた。

軽く首を傾げ、余裕に満ちた気障な笑みを浮かべるその立ち姿に、佑樹は一瞬見とれた。

（やっぱり素敵だな。……この人にならば、遊ばれてもいいかも……）

そんな愚かな考えがふと脳裏に浮かぶ。

だが、それは駄目だと我に返った佑樹は、慌てて十和田の顔から視線をそらしてお会計を済ませた。

「ごちそうさま」

「ありがとうございました」

半ば視線をそらしたままで頭を下げ、引き戸を開く音を合図に顔を上げて、十和田の後ろ姿をじっと見送る。

（遊ばれたくはないけど……でも、もっとあの人に近づいてみたいな）

真正面から視線を合わせることすらできないのに、我ながら大それた願いだと思う。

でも、このまま立ち去らずに、振り向いて欲しかった。

普通に話がしてみたいし、もう少しだけ自分に興味を持って欲しい。

そんな願いを込めて佑樹が見つめる中、十和田は外に出て後ろ手で引き戸を閉める。

ピシャリと閉まる引き戸は、そのまま十和田の自分に対する興味の度合いのように思えた。

たぶん佑樹から近づいていかなければ、この距離は縮まらない。

だがそれは、五百川曰く、狼の口の中に自分から飛び込む行為だ。

遊ばれるのは嫌だ。

(……でも、逆なら……)

遊ばれるのではなく、自分から望んで遊ぶのならばどうだろう?

元から独り身で一生を終えると決めていたのだから、一時の戯れで充分。

どうせ相手は遊び人で、決して恋愛で本気になることはないのだ。

それを承知の上で、最初からなにも期待しなければいい。

期待するから、失うことを恐れるし、失って惨めにすがりつきもする。

だが、最初から割り切って、この手にはなにも残りはしないのだと覚悟を決めておけば、失っても狼狽えずにいられるような気がする。

(五百川さんの言ってたこと、勘違いじゃなければいいけど……)

十和田の好みが、本当に自分みたいなタイプだったらいい。

もしも本当は違っていたのだとしても、ちょっとぐらい味見してもいいかなと思ってもらえたらいい。

（一生に一度ぐらい、僕だって遊んでみたい）

恋愛も結婚もしないと心に決めていても、実際の色事のいろはをなにひとつ知らないままで年老いていくのは、やっぱり少しだけ寂《さび》しいような気がしていたし……。

（あの人が、僕の遊び相手になってくれますように……）

佑樹は、誰にともなくそんなことを祈る。

遊びだという言葉で誤魔化しつつも、本当は恋する気持ちの強さ故に、もうじっとしていられなくなっただけなのだということにも気づかないまま……。


——十和田に遊び相手になってもらう。

そのためには、さあ、なにをすればいいのか？

普段はぐずぐずと長考する癖のある佑樹だが、この問題の答えは、あっという間に出た。

というか、ぐずぐずと長考するだけの選択肢が元々なかったのだ。

大学を中退して以来、自宅と緑陰庵の往復ばかり、大きな屋敷の敷地内で閉じこもるようにして生きてきた。

十和田が普段過ごしている世界に飛び出して行く勇気の持ち合わせもないから、自分のテリトリー内に彼を引っ張り込むしかない。

だから次に十和田が緑陰庵を訪れたとき、帰り際に気力を振り絞ってこっそり囁《ささや》いた。

「お暇なときにでも、新メニューの試食を頼めませんか？」

正面からその顔を見てしまうと、ぼうっとなってうまく話せなくなるに決まっているから、視線は斜め脇《わき》にそらしたままだ。

「俺に？」

唐突すぎる佑樹の誘いに、十和田はあからさまに驚いたようだった。

今までの佑樹の振る舞いからすれば、それも当然のこと。

これが不自然な誘いだと先刻承知の上だったから、佑樹はめげずに視線をそらしたままで「ええ、是非」と素っ気なく見えるほどの冷静さを装って頷いた。

「俺なんかでいいのかい？　ここの料理を口にする機会が多い常連さんにお願いしたほうがいいんじゃないのかな？」

「え？　いえ……あの……それは駄目なんです」

至極まっとうな意見に、佑樹はしどろもどろになる。

「どうして？」

「あ、その……いきなり変なものとか食べさせられませんから」

「ああ、確かに、ここはお年寄りが多いからね。——わかった。親しくしてくれる皆さんのために、その毒味役を引き受けるよ」

そらした視界の端っこのほうで、十和田がふっと苦笑する気配がする。

(見たい)

そんな欲求に耐えられなかった佑樹は、ちらっとその顔を盗み見た。

軽く肩を竦《すく》め大きめの唇を軽く歪ませて苦笑するその姿は、大人の余裕すら感じさせる気障っぷりで実に格好いい。

ひとめ見て、佑樹はぽうっとなってしまった。

だから、十和田の言葉に、『毒味役』というちょっとした嫌味が含まれていることにも気づかない。

「あ……りがとうございます」

招待を受けてもらえたことが、ただ本当に嬉しかった。

だからといって過剰に喜んでしまっては、こちらに下心があることがばれてしまう。

佑樹は、満面の笑みを浮かべそうになる顔を、慇懃無礼《いんぎんぶれい》にさえ見えるほどに深くお辞儀して隠してみた。

2

（——僕って、本当に駄目だな）

十和田を招待した念願の日、佑樹は酷《ひど》く落ち込みながら広い庭を走っていた。

日時をこちらで決めてもいいと言われたので、休日の前の日の会社帰りにでも寄っていただければと頼んだら、それならばと日程はすんなり週末に決まった。

それからは、五百川をもてなす予定の部屋を整えたり、なにを作るか料理のメニューを考えては、下ごしらえをしたりともう大忙し。

はじめて好きになった人を家に招くという一大イベントにやはり浮かれていたのだろう。

悩み多き鬱々《うつうつ》とした日々から一転して機嫌よく立ち働くようになった佑樹を見て、「悩み事は解消したの？　顔色がよくなったわ」と常連客のお年寄り達も目を細めてくれた。

そして今日、緑陰庵の営業が終わってから自宅に戻り、せっせともてなしの準備を済ませた後で、普段よりずっと上質な和服に着替えて、後ろで括《くく》っていた髪を解《ほど》いて櫛《くし》でといてみた。

（やっぱり、床屋さんに行けばよかった）

肩に触れる程度に中途半端に伸びた髪は収まりが悪い感じがする。

かといって、いつものように後ろで括っていては普段と代わり映えがなさすぎるし、堅苦しく見えそうだ。

（……こうやって見ると、本当に似てるな）

鏡の中に映る自分は、母親の若い頃の写真によく似ていた。

十和田の好みが本当に『中性的な容貌で細身の綺麗な人』だと言うのならば、客観的に見た自分はそのテリトリーに入っているはずだと思う。

（母さんは美人だって言われていたんだから、きっと大丈夫だ）

そんな風に自分を励まし、すべての準備が整ったことを確認した後で、佑樹ははたと気づいたのだ。

十和田に、緑陰庵ではなく、母屋に来てくれるようにと伝えていなかったことを……。

（どうしよう。十和田さん、きっと緑陰庵のほうに来ちゃう）

防犯のために近江家の敷地はぐるりと高い塀で取り巻いてあるのだが、緑陰庵を閉めた後、駐車場に面した門を閉ざして鍵をかけてしまうのだ。

母屋に面した門にはインターフォンがついているが、裏口にはそれがない。

招かれて来たはずなのに、堅く門が閉ざされていたりしたら、いったい十和田がどう思うか想像するまでもなくわかる。

「急がないと……」

佑樹は慌てて、充電式で手提げ型の行灯《あんどん》を手に母屋を出た。

近江家の敷地は広く、母屋の庭を抜けて裏庭に出るだけでも普通に五分以上はかかる。

母屋の庭と裏庭とはやはり木材に見せかけた鉄製の柵で仕切られていて、いちいち鍵を開けて出入りしなければならない。

そしてそこから駐車場に面した場所にたどり着くまでに更に十分以上。

(これだからこの家は嫌なんだ)

幾重にも柵で覆われた無駄に広い敷地にたまにうんざりする。

死んだ母親は外界の喧噪《けんそう》が届かない静かでいい環境だと言っていたけれど、佑樹はその逆だった。

まるで自分こそが外界から隔離されているような気持ちになって、息苦しくなったり、酷く不安になったりもする。

(……周囲が暗いから、余計に気分が沈むのかな)

緑陰庵の営業時間が午後四時までとあって、店から外の駐車場までの小道にはお義理程度の照明しか設置してない。

日中は生い茂る木々から零《こぼ》れる木漏れ日で爽《さわ》やかですらある小道だが、すっかり日が暮れて暗くなってしまうと、両側から鬱蒼《うっそう》と小道を覆うように張り出している木陰が威圧的でかなり不気味だ。

手に持った行灯の灯《あか》りを頼りに暗い道を小走りで歩いているうちに、佑樹の気分は更に沈んできた。

(さして知らない人を招くだなんて、馴れてないことをするから……)

箱入りの世間知らず。

いい歳《とし》をして一度も外で働いたことのない自分が、酷く未熟な存在に思えてしまう。

自宅にお客さんを招くことすらスムーズにできず、最初の段階でヘマをしていることにも気づいていなかった。

自分では完璧に準備を整えたつもりだけど、もしかしたら他にもとんでもない見落としがあるんじゃないかと酷く不安になる。

そもそも、十和田の顔をまともに見ることすらできないのに、ふたりきりになるような席を設けてしまうだなんて……。

(早まったことをしたのかも)

今さらながら、自分のはじめてしまったことに酷く不安を覚えた。

だからといって取り消しにすることはもうできないし、十和田に会いたいと思う気持ちを止めることもできない。

酷く不安でも、十和田が待っているかもしれないと思うと、駐車場に向かう足の動きは速まりこそすれ衰えることがない。

「ああ、よかった。間に合った」

門を開けて駐車場に出たが、まだ十和田は来ていないようだった。

ほっとした佑樹は、行灯の灯りを落とすと、その場に静かに佇んだ。

（……馬鹿《ばか》なことをしてるんだろうな）

父親代わりのような存在である五百川から、近づかないようにとわざわざ忠告された人を、自ら招き入れようとしている。

もっと十和田に近づきたい。

もっと自分に興味を持って欲しい。

胸にあるのはそんな欲求ばかりで、具体的になにをどうすればいいのか自分ではさっぱりわからない。

ふたりきりになったところで、なにを話していいのかもわからないし、どうやって遊びに誘ったらいいのかもわからない。しどろもどろになって変な奴だと思われるのが、きっと関の山だろう。

それでも、どうしても会いたい。

——一生、結婚はしないし、恋愛もしない。

そんな誓いなんて、もうどうでもよくなっていた。

そもそも恋がどんなものか知らなかったから、こんな頭でっかちな誓いを掲げられたのだろうと思う。

現実に恋をしてしまった今、恋した相手に近づきたいと思うこの気持ちを、自分ではどうしても抑えることができない。

なりふりかまっていられないという心持ちをはじめて実感している。

（やっぱり僕は、外見だけじゃなく、中身も母さんに似てるのかな）

今の自分の姿は、愛する夫を取り戻そうとして、見当外れの努力をしていた母親の姿に重なっているような気がして仕方ない。

（あそこまで重傷じゃないと思うんだけど……）

佑樹がひとり不安がっていると、ちょうど駐車場に一台の車が乗り入れてきて、待ち望んだ人が姿を現した。

その途端、十和田のことだけで胸がいっぱいになって、さっきまで胸に巣くっていた不安なんてどこかに行ってしまった。

外灯のない暗い駐車場の中、十和田の姿はシルエットでしか確認できない。

それなのに、車から降り立ちドアを閉める、ただそれだけのちょっと気障に見える十和田の仕草に目を奪われて、胸がときめく。

（もう。どうして、いちいち素敵だと思ってしまうんだろう）

馬鹿だなと自嘲《じちょう》気味に微笑みながら、佑樹は手提げ型の行灯の灯りを再び点《とも》した。

「いらっしゃいませ。お待ちしていました」

充電式の行灯の灯りは弱く、ぼんやりと半径一メートル程度を照らす程度で、少し離れた所にいる十和田の顔はまだはっきり見えない。

そのお陰で不自然に狼狽えることなく、ごく自然に挨拶できたと思ったのだが……。

「うわっ！」

そんな佑樹を見て、十和田が酷く驚いたようにビクッとする。

なにか変なことしたかなと不安になっていると、「ああ、佑樹くんか……」とほっとしたように呟いた。

「誰だと思ったんです？」

「いや……うん。暗がりから急に姿を現したように見えたもんで……幽霊かと……」

十和田は照れ臭そうに軽く肩を竦めた。

「しかも和服に行灯で、雰囲気ありありだしね。リアル牡丹灯籠《ぼたんどうろう》かと思ったよ」

「牡丹灯籠ですか……」

それは死者である女が、愛した男の元を夜な夜な訪れるという定番の怪談だ。

「僕が幽霊に見えます？」

普段は括っている髪を解き、世間的には珍しいだろう和服姿。その上、手に提げた行灯で下からぼうっと顔を照らしている状態では無理もないのかもしれないが、さすがに幽霊呼ばわりはちょっと傷つく。

「ごめんごめん。……でもあれは、幽霊は幽霊でも、とびきりの美女の幽霊だからね。誉め言葉と受け取ってくれると嬉しいな」

十和田は軽く小首を傾げた。

(……美女)

ということは、十和田の目に映る自分は、充分美人のカテゴリーに入っているのだろう。いちいち気障な十和田の仕草にぼうっとしながらも、佑樹は照れ臭さと安堵《あんど》とを同時に感じた。

「そういうことなら、謝罪を受け入れます」

「うん。わざわざここまで出迎えに来てくれたんだね。ありがとう」

「いえ。裏庭は暗いですから……。本当は直接母屋にお招きするつもりだったんです。お伝えするのを忘れていたと、ついさっき思い至ったものですから」

「母屋に？　じゃあ、車も表に停《と》めたほうがよかったのかな」

「あ、そうですね。帰りもここまで歩くとなると十分以上かかるので大変ですし……。お手数ですが、表のガレージを開けるので車を回してもらえますか？」

「わかった。——じゃあ、佑樹くんは助手席に乗って」

「え？」

「歩くと十分以上かかるんなら、ふたりで車を使ったほうが早いよ。それに、上着もなしじゃ寒いだろう？」

そう言われてはじめて、佑樹は自分がなにも羽織らずに家を飛び出して来たことに気づいた。

季節は初冬、すでに肌寒い気温なのに、十和田を出迎えなきゃとそればかり思っていたせいか、今まで寒さをまったく感じなかったのだ。

というか、今も寒くない。

十和田が目の前にいるだけで、頬が火照るぐらいだ。

「そう……ですね」

それでは、と何気ない振りで勧められるまま助手席に乗り込んだが、内心どきどきだ。

密閉した空間の中、好きになった人と隣り合って座るだけでも、佑樹にとっては大事件なのだから。

（ちょっとだけ、ドライブ気分）

ほんの数分の移動ではなく、こんな風にふたりで本当に遠出できたらと想像しただけで、ただでさえ早くなっている鼓動が高鳴り頬が熱くなる。

暗い車内だけに、赤くなった顔を見られずにすむことがありがたかった。

（なんだか僕、小学生みたいだ）

小学生の頃、特定の女の子の前で露骨に赤くなってぎこちない態度を取ったり、急に乱暴な口調になったりする友達がいた。

初恋も経験していなかった佑樹には、なぜそんなことをするのか理由がわからなかったものだ。

あの子が好きなんだろうとその子をからかう他の友達の言葉に、そういうことかと納得はしたが、どうしてわざわざ好きな相手の好感度を下げるような真似をしなくてはいけないのかまでは理解できなかった。

でも、今ならわかる。

相手を意識するあまり、平常心を保てなくなるその気持ちが……。

普通は、子供の頃にこういう経験をちゃんと積んでるものなのだろう。

経験することで恋によって変化する自分の感情の動きを学び、所謂《いわゆる》、大人の恋愛というやつを楽しめるようになるものなのかもしれない。

恋する気持ちというものをはじめて自覚したばかりの佑樹にとって、それは遠い道のりだ。

密閉した空間にふたりきりでいるということの状況だけでも充分に刺激的なのだから……。

（十和田さん、指先まで格好いい）

この距離で横顔を見つめるだけの勇気も余裕もない佑樹は、ハンドルにかかった十和田の手だけをただ見つめていた。

ゆったりとハンドルにかけられた大きな手、その指先までもが気障に見えるのはどうしてだろうと思いながら……。

（……やっぱり、余裕があるからかな）

佑樹は車の免許を持っていないが、もしも持っていたとしても、あんな風にハンドルに軽く手をかけるなんて真似はできそうにない。いつも真面目にしっかりハンドルを握りしめる自分の姿が容易に想像できる。

だからこそ、自分にはないその余裕を感じさせる十和田の気障な仕草に目を奪われるのかもしれない。

とはいえ、気障な態度というものは、裏を返せばいつも一歩引いた場所から、皮肉を含んだ目で世間を眺めている――所謂、斜に構えているという風にも思われる場合があるのだが、世間が狭い佑樹はそこまで思い至らない。

ただ、うっとりとハンドルを操作する指先だけを見つめていた。

そうこうしているうちに、ドライブはあっという間に終わった。

母屋のガレージに車を停めて、表門から屋敷の敷地内に入る。

「どうぞ、こちらです」

「……これはまた、見事な庭だね」

佑樹に続いて門をくぐった十和田が、感嘆したように呟いた。

近江家の庭は典型的な回遊式の日本庭園だ。

二階建ての日本家屋の母屋のすぐ側に、大きな池とそこに至る水の流れを人工的に作り、その周囲をぐるっと取り囲むように遊歩道を通してある。

庭のあちこちに石灯籠や見栄えのいい木々が配置され、池の中には本格的な東屋《あずまや》まである凝りようだ。

満月の夜などは、目が闇《やみ》に馴れてくれれば、遮るものがないまま地上に降り注ぐ月明かりだけでも散策できるほどなのだが、この日は生憎《あいにく》の三日月だったのであらかじめ石灯籠などに仕込んである外灯に灯りを入れてある。

微かな外灯の灯りが、風で揺らぐ湖面の上でチラチラと揺らいでいて、実に風情があって綺麗だ。

（ちょっと散歩気分）

庭に視線を向けてゆっくりと歩く十和田を先導するように一歩先を歩いていた佑樹は、門から母屋の玄関までの距離がかなりあることを生まれてはじめて感謝した。

重なって聞こえるふたり分の足音に浮き浮きしながら耳を傾けていると、「母屋に伺うんなら、手みやげのひとつも持ってくればよかったたな」と十和田が呟く。

「そんなの必要ないですよ」

あなたがそこにいてくれるだけでもう充分嬉しいから、という言葉を佑樹は飲み込んだ。

「そうは言ってもね。ご家族の手前、手ぶらってのもちょっと気まずいものがあるよ」

「大丈夫です。僕、ひとり暮らしですから」

「ひとり暮らし？」

安心させるつもりで言った言葉だったのに、十和田はなぜか怪訝そうな声を出した。

「それで、今日は俺以外に客は？」

「いませんよ。あなたひとりです」

「そうか……。なるほどね。五百川さんが心配するわけだ」

「五百川さん、僕のことをなにか言ってました？」

「年齢のわりに、ちょっとばかり危なっかしいところがあると言ってたね」

「危なっかしいって……。そんな風に言われるのはじめてです」

「そう？　いつもはなんて？」

「……箱入りの、世間知らずだと」

佑樹の返事に、十和田がふっと小さく笑う気配がした。

きっと今、十和田は唇の端を軽く上げて気障に微笑んでいるのだろう。

（見たい）

そんな欲求をどうしても抑えられず、佑樹はぱっと振り向く。

振り向くと、十和田は横を向いたまま微笑んでいた。

庭を眺めているのだろう。仄暗《ほのぐら》い照明に映し出される気障な笑みを浮かべる横顔は、普段より彫りの深さが際立って見えて、想像以上にずっと魅力的だった。

佑樹は思わずぽうっと見とれてしまったが、振り向いた気配に気づいた十和田が視線をこちらに向けるのと同時に、ぱっと顔をまた前に向けた。

(あ、危なかった)

この距離で視線を合わせてしまっては、絶対に挙動不審になるに決まっている。

変に思われて、ここで回れ右されては困る。

せめて母屋に招き入れるまでは、正気を保っていたい。

「失礼。馬鹿にしたわけじゃないんだ」

だが、そんなこととは知らない十和田の目には、佑樹の仕草は気分を害してぷいっと視線をそらしたように見えたらしい。

「ただね、箱入りの世間知らずだからこそ、危なっかしいと思われてしまうんだろうなと思ったものだから……」

「でしょうね。そんなこと、わざわざ言われなくてもわかってます」

だから気にしなくてもいいというつもりでそう言ったのだが、緊張のあまりつい口調が堅くなってしまい、まるで突っかかっているみたいに聞こえる。

なんとなく気まずい沈黙が流れたが、十和田は気にした風もなく「和風の庭というのも風情があっていいな」と呟いた。

「個人宅でここまで本格的な庭を管理するのは大変だろう。維持するのに年間幾らぐらいかかるものかな?」

通常、さして親しい間柄でもない人に対して家の台所事情を聞いたりはしないものだが、十和田は気にする様子もなくさらりと聞く。

なんであれ十和田が自分絡みのことで興味を持ってくれるのが嬉しい佑樹は、金のことを直接聞くなんて下品だとか不躾だとか思うこともなく、「わかりません」と素直に答えていた。

「わからない?」

「はい。先代の当主だった母が、生前のうちに財産の管理などをすべて五百川さんに託していってくれたので……」

そして五百川は、複数ある不動産物件等の収入などから家屋敷を管理するシステムを完璧に構築してくれている。

だから佑樹は、財産管理に一切わずらわされることもなく生活できていた。

月に一度、家屋敷の維持に必要な金や税金等の積み立てなどを抜いた利益の明細が佑樹の元には送られてくるのだが、マイナスにさえなっていなければいいやとろくに見てもいない。

「緑陰庵の経費や僕の生活費なんかも、そこから賄《まかな》わせてもらってます」

「あー、やっぱりあの店、赤字経営だったか。上質な素材を使ってるのに妙に値段は安いし、お客さんの回転率も悪いからな。これでやっていけるのかと気になっていたんだ」

「ご心配なく。あの店は、そもそも母の代から採算度外視ってことでやってるんです。こうでもしないと、地域住民の方々と顔を合わせる機会もないからって……」

「近所づき合いの一環ではじめたってことか？」

「そうみたいです」

——近所づき合いのひとつもできないようなお屋敷で暮らすのはもう真っ平だ。

家を出る際、そう父親が言ったのだと聞いている。

だから母親は、こんな不自然な形で地域住民に近づこうとしたのだ。

お高くとまっていると思われないよう、こちらがサービスを提供する側に回ってお客様としておもてなしすれば、ご近所の方々もきっと親しみを抱いてくれるはずだと信じて……。

（一応、成功したんだろうな）

今現在、佑樹は近所の人達と普通に世間話ができる関係を築いているのだから……。

「随分と金のかかる近所づき合いだ」

ふっと十和田が苦笑する気配がした。

「どうぞお上がりください」

玄関の引き戸を開けて、中へと招き入れた。

「では、遠慮なく」

靴を脱ぎ、上がり框《かまち》に立った十和田がぐるりと屋敷内を見渡す。

屋内の灯りの下で十和田と視線を合わせるのは危険なので、佑樹もまたそれとなく屋敷内を見回す振りをして、十和田の姿を視界の隅で捉《とら》える程度に留めていた。

「庭を見た段階でなんとなく予想はついたが……。やはり屋敷もたいしたもんだね」

近江家の母屋は、祖父の代に贅沢《ぜいたく》の粋を極めて建てられたものだ。

その贅沢も、決してきらびやかなほうの意味ではなく、腕のいい大工や建具職人達を雇い、質のいい材木等を使って上質な建築を作り上げたという意味だ。

匠《たくみ》の腕で組み上げられた手の込んだ木組みや、欄間《らんま》や高窓に彫り込まれた彫刻などは文化財に等しい価値があると言う人もいるようだ。

「これだけの家、掃除するのも大変だろう。家政婦さんとか雇ってるの？」

「とんでもない。そんな贅沢はしません」

佑樹は視線をそらしたまま慌てて首を振った。

「広くとも、使っている部屋は限られているから、自分ひとりでなんとでもなります」

年に二度、古い日本家屋の扱いに定評のある業者に頼んで清掃と補修をしてもらうが、それ以外は全部佑樹がひとりでやっている。

祖母が生きていた頃は使用人が複数いたのだが、祖母の死後に母親が使用人達をすべて解雇してしまったのだ。

家の中に使用人がいる生活はどうも落ち着かない。そう常々言っていたという夫が帰ってきたときのためだ。

もちろん、それは無駄な行為でしかなかったわけだけれど……。

「たいしたもんだ。俺の実家も、祖父が雇い主から結婚祝いにと貰《もら》ったとかいう由緒正しい日本家屋だから、この手の屋敷の維持管理がどんなに大変かよくわかるよ」

うん、たいしたもんだ、ともう一度呟きながら、十和田は長年磨き続けて独特な光沢を放っている木の床に視線を落とした。

(誉められた!)

佑樹は一気に有頂天になった。

嬉しすぎて、顔は赤くなるし頭はぼうっとするしで、赤くなった顔を隠すために思いっきり十和田から顔を背けつつ、「それはどうも」と、自分でもどうかと思うような素っ気ない返事をすることしかできない体たらくだ。

(ああ、もう、感じ悪い)

こんなつもりじゃなかったのにと思っても、取り繕う術《すべ》さえ思いつかない。

仕方なく、何度も頭の中で繰り返し確認しておいた計画に従うことにした。

「どうぞ、こちらへ」

長い廊下を進み、招き入れたのは、以前から来客時にのみ使っている和室だった。

祖父が高名な画家に依頼してこの家の庭をモデルにして描かせた日本画が、床の間の引き戸と襖《ふすま》とに使われており、続き部屋との境にある欄間には、庭の池を連想させるような波紋と優雅に身をくねらせて泳ぐ鯉《こい》とが複雑に刻み込まれている。

五百川がいつもこの部屋の風情をとても好んでくれているから、今回もここを選んだのだが、彼よりずっと若い十和田にとってはもしかしたら退屈かもしれない。

十和田は部屋に入った所で立ち止まり、黙ったままで部屋を見渡している。

(やっぱり、洋間にお通しすればよかったかな)

屋敷の中で一部屋だけ、大正浪漫《ロマン》を思わせるようなしゃれた洋間があるのだが、ちょっと砕けすぎているような気がして今回はこちらにしたのだが。

「この部屋、気に入りませんか?」

視線をそらしたままで聞くと、「とんでもない」と十和田が慌てたように言う。

「逆だよ、逆。感心してたんだ。思わず、素に返って金勘定をしてしまったぐらいだ」

「金勘定って?」

「庶民にはちょっと羨《うらや》ましすぎる環境だからね。これだけ手間暇をかけた家屋敷を売ったら、さて幾らになるだろうかってさ」

　下世話で悪いね、と視界の隅で十和田が苦笑する気配がする。

（……庶民か）

　父親がよく自分のことをそう言って卑下していたと聞いている。

　世間知らずの箱入り娘だった母親は、あなたはこの家に婿に入ったのだから私達と同じになったのよと告げていたそうだが、同じく世間知らずの箱入りである佑樹からすると、その答えは違うような気がしていた。

「家も由緒正しい家柄ってわけじゃないですよ。元々は成金です」

　祖母の出自はかなり高貴な家だとは聞いているが、そちらの家はすでに没落していてつき合いは絶えている。

「強《し》いて言えば、金儲けが上手な家柄ってことになるんでしょうけど、その才能も僕には引き継がれていませんし」

「金儲けが上手な家柄か。うまいこと言うね」

　視界の端で十和田が微笑む。

（あ、うけた）

　その感心したような口調に、佑樹はまたしても嬉しい気分になった。

先附《さきづけ》のウニのせ湯葉と数の子と白うり雷干《かみなりぼし》からはじまって、ハモの蓋物《ふたもの》と三種のお造り、次いで彩り野菜を添えた和牛の焼き物とすずきの香り焼きと、ほぼ基本通りの懐石メニューを仕上げつつ、佑樹はせっせと十和田が待つ部屋へと運んだ。

年に一度、五百川と、彼の弁護士事務所を引き継いで現在の近江家の財産管理をしてくれている弁護士を呼んで接待するのが恒例になっているので、ここら辺の手順は馴れたものだ。

当然のようにテーブルの上に冷酒の入った酒器を並べると、視界の隅で十和田が困ったように肩を竦める。

「車だから酒は飲めないよ」

「大丈夫です。僕のほうで代行の予約を入れてありますから」

十和田のはす向かいに座った佑樹は、どうぞ、と盃《さかずき》を目の前に置き、盃を手に取らせるべく酒器をズイッと差し出す。

少々強引な方法だとは思ったが、この先のことを思うとアルコールの力にはどうしても頼りたい。

というか、前もって予定していた計画はここまでなのだ。

ここから先は、佑樹にとっては想像もできない未知の領域だ。

（遊び相手になってくださいだなんて、はっきり言えるわけないし……）

一応、とりあえず軽く酔っぱらった十和田の理性が揺らぎ、場が和《なご》んだところで、彼の色事に関する考え方とかを聞き出してみようかとは考えている。

本人の口から、自分は遊び人なんだという言葉が出たら、すかさず、僕と遊びませんかと誘ってみようと考えているのだが、そう首尾よくいくかどうか。

(でも、せっかくここまでうまくいってるんだから頑張らないと)

「僕の我《わ》が儘《まま》で来ていただいたんですから、お帰りの足を準備させていただくのは当然です。──さあ、盃を手にとって」

手元の酒器に視線を置いたままで迫ると、十和田は軽く苦笑した。

「とんでもない。わざわざそこまでしてもらわなくてもいいよ」

「勘違いしないでください。僕が、あなたに、借りを作りたくないだけです」

このまま押し負けるわけには行かないと、佑樹は、らしくない強い口調で言った。

「なるほど。これで貸し借りなしってことか。そういうことなら、遠慮なくいただくか」

十和田が佑樹の強い態度に苦笑しつつ盃を手にする。

佑樹は嬉々《きき》として、その盃に酒を注《つ》いだ。

クイッと一口で盃を空けた十和田は、「はい、返杯」とその盃を今度は佑樹に差し出す。

「え?」

「貸し借りなしってことで。──さあ」

「は……い」

差し出された盃を、条件反射的に両手で受け取る。

（お酒はあまり飲めるほうじゃないんだけど……）

なみなみと注がれるお酒を見つめながら、ちょっと途方に暮れる。

（でも、酔うのは悪くないかも……）

今まで参加したことのある数少ない酒宴では、悪酔いして周囲に迷惑をかけたことはない。ただ顔が赤くなって、ちょっとふわふわした気分になる程度だ。

これからのことを思えば、軽く酔っぱらっていたほうが都合がよさそうだ。

佑樹は、意を決して盃を口に運んだ。

十和田の真似をして、クイッと一口でお酒を飲んでみる。

「おお、いい飲みっぷりだね」

「いえ……普段は滅多《めった》に飲まないんですが……」

飲み慣れないお酒に喉《のど》が熱かった。

声が少し詰まる感じがして、佑樹はひとつ咳払《せきばら》いしてから手に持っていた盃を十和田に返して、またお酒を注ぐ。

すると十和田は、クイッと一口で酒を飲み干し、またしても佑樹に盃を差し出してくる。

そんな調子で促されるまま素直に同じことを五回繰り返すと、佑樹はすっかり覚えのあるふわふわした気分に陥ってしまっていた。

さすがにこれ以上飲んだら、理性をなくしそうで怖い。

「お酒ばかり飲んでないで、料理のほうも召し上がってください」

あなたのために一生懸命作ったんだから、という言葉を飲み込んで強めに告げると、「はいはい」と十和田がちょっとふざけた口調で答えた。

「いただきます」

きちんと挨拶してから箸を手に取り、料理を食べる。

店でこっそり見ていたときにも感じていたのだが、十和田は食事の作法がきちんとしていて、その上品な仕草に佑樹は見とれた。

「十和田さんは箸《はし》使いがお上手ですね」

「茶道の師範代だった祖母に厳しく躾けられたからね。——佑樹くんは、どこで料理を習ったんだ？」

「僕の料理は基本を母から習っただけで、後は自己流です」

「へえ、自己流か……」

なにやら、含みのある言い方だ。

自分ではそれなりに美味しくできたつもりだっただけに、口に合わなかったのなら残念だ。

「素人料理ですみませんね」

がっかりした気持ちを誤魔化すように、つっけんどんな口調で言う。

「いや、逆だよ逆。一流の店でもこんなに美味《うま》いものはそうそう食べられないから、ちょっと驚いたんだ。ここ最近、緑陰庵に通ってるのだって、料理が美味いからだしね」

「そうなんですか？　常連の皆さんとのおしゃべりが気に入ってるんだと思ってたのに……」

「ああ、もちろんそれも気に入ってるよ。でも一番は料理だ。出汁《だし》の濃さや塩加減が絶妙に口に合うんだ。祖母の味に近いのかな？」

「それならよかったです」

佑樹は、ほっとして軽く胸を押さえた。

「十和田さんは、お祖母さまに育てられたんですか？」

「ああ、そうだよ。と言っても両親がいないとかじゃないから。ふたりとも国家公務員の仕事命な人達で、なかなか家にいなかっただけでね。日中は祖母も仕事があるから、小さいときは姉とふたり、祖父の仕事場に預けられていたな」

「お祖父さまはなんのお仕事を？」

「庭師だ。と言っても、祖父が雇われているのは、ここと違って洋館だから、ガーデナーといったほうが正しいのかな」

雇い主が鷹揚《おうよう》な人物だったのだろう。十和田は、祖父が手入れしている広大な庭で、姉とふたりで遊ばせてもらっていたのだと言う。

「実に贅沢な子供時代を過ごさせてもらったよ」

十和田は独り言のように呟きながら、手に持った盃に視線を落とし穏やかに微笑んだ。

(子供時代のことを思い出しているのかな)

今、十和田がなにを考え、なにを思い出しているのか。

もっと話が聞きたいと思った佑樹は、空になった盃にお酒を注ぎつつ聞いてみた。

「どんな遊びをしてたんですか？」

「鬼ごっこや宝探しや……。まあ、色々やったね。屋敷には若い使用人が多くいたから、遊び相手には事欠かなかったんだ。厳しいおばさんもいて、遊んでばかりじゃ駄目だと宿題もさせられたけどね」

お屋敷内の使用人達が集う部屋で姉とふたり並んで宿題をさせられ、終わるとご褒美だと焼きたてのケーキをくれた。

「休日に行くと、若い使用人達がガーデンパーティーみたいなことをやっていて、そこに混ぜてもらったりもしたな」

盃を傾け料理をつまみつつ、十和田が懐かしそうに語る。

相づちを打ちながら、興味深く話を聞いていた佑樹は、ふと自分がいつの間にか十和田のことをまっすぐに見つめていることに気づいた。

鼓動は微妙に早まってはいるが、視線が絡んでも今までのように過剰反応することもなく、けっこう平気みたいだ。

緊張状態なんて、そう長く続くものじゃないから、はす向かいに座って話しているうちに馴れてきたのかもしれない。

普通に話せることがなんだかとても嬉しい。

（これなら、今日は無理しなくてもいいかも……）

ここでぎこちなく話をねじ曲げて恋愛方向に向けるより、このまま穏やかに十和田の艶やかな美声に聞きほれていたい。

好きになった人の思い出話にただ耳を傾けているだけでもなんだか充分幸せだから、一足飛びに遊び相手になってもらわなくてもいいような気がしてきた。

「飲む？」

空になった盃を差し出されて、首を横に振った。

「もう充分いただきました。ちょっとふわふわするぐらいだから、これ以上は……」

「頬が赤くなってるのは、酔ってるからかな」

「そう……ですね」

本当は十和田の存在とアルコールの効果が半々ぐらいなのだが、佑樹は素直に頷いて、火照っている頬に指先でそっと触れてみた。

本人には自覚がないのだが、細い指先のしなやかさも相まって、そうしている佑樹はやけに色っぽく見える。

十和田は、そんな佑樹の指先と伏せられた睫毛《まつげ》に軽く目を細め、見とれながら言った。

「じゃあ、無駄話はこれぐらいにして、そろそろ本題に取りかかろうか」

「え？」

「俺は新メニューの試食に呼ばれたんだろう？」

「――あ」

その指摘に、佑樹は思わず身も心もピタッと固まった。

「まさか、いま並んでいるこの料理がそうだとは言わないよな？　こんなに手間がかかる料理を、佑樹くんひとりで毎日作るなんて無理だろうしね」

で、試食の料理は？　と十和田が肩を竦めて気障な笑みを見せる。

「ああ、もしかして、懐石料理の店を出す予定でもあるのかな？」

「……いえ、あの……ないです」

佑樹は、蚊《か》の泣くような小さな声で答えた。

(どうしよう。本気で忘れてた)

新メニューの試食を理由に十和田を招待したことを……。

十和田が招待に応じてくれた嬉しさのあまり有頂天になって、なんの料理でもてなそうかってことしか考えられなくなっていたのだ。

「じゃあ、新メニューを作る予定は？」

「……それも……実は……ないんです」

器用な質《たち》ではないから、この場を凌《しの》ぐ嘘も言い訳も思いつかず、小さくなって俯《うつむ》いた。

「じゃあ、どうして俺を招待したりしたんだ？　まさか、ただ食事に誘いたかったからってわけじゃないだろう？」

「……そう思ってくださってても構いません」

さすがに、遊び相手になって欲しかったからです、とは言えない。

佑樹は曖昧《あいまい》に誤魔化した。

「おいおい、嘘だろ」

「嘘じゃないです」

嘘をついて誘いはしたが、十和田を誘いたかったのだという気持ちは嘘じゃない。

「本当に……あの、十和田さんをお招きしたかったんです」

「なんでまた……。五百川さんから俺のことを聞いてるだろう？」

「俺のことって？」

「だから、俺がゲイだってことだよ」

「聞いてますけど……」

なぜそんなことを聞かれるのかわからず、佑樹は顔を上げて軽く首を傾げた。

「それで危機感はなかったのか？　俺みたいな奴を、ひとり暮らしの家に招くだなんて危ないだろう」

ここは敷地が広大すぎて、叫んだところで外界までには声が届かない。

もしも佑樹が年若い女性だったら、遊び人だと言われている男を、わざわざ夜に招いて酒を出すだなんて真似はしなかっただろうと十和田は言った。

「佑樹くんは世間知らずみたいだから、ピンとこなかったのかもしれないが……。ついでに言うと、自分が財産家なんだってことをもうちょっと自覚したほうがいいよ。——ぶっちゃけ、五百川さんの知り合いじゃなかったら、俺だって食指が動いたかもしれないしな」

「食指？　それは、どういう意味で？」

「どういうって……」

珍しく十和田は言葉に詰まったが、興味津々の態《てい》で見つめる佑樹の視線に根負けしたように言葉を続けた。

「だから、ちょっとした投資話を持ちかけて、犯罪にならない程度に金を吸い上げるとか……そんな感じの意味だよ」

「それって、食いものにするってことですよね」

——君なんて、きっとひと飲みです。

そんな五百川の言葉が脳裏をよぎる。

(そんなの、望むところだ)

意味合いが違うことはわかっている。

わかっていても、そんな想いが口からつるっと溢《あふ》れてしまった。

「それでも別に構いませんよ」

「あ?」

聞き間違えたかなと言わんばかりに十和田が首を傾げる。

だから佑樹は、もう一度はっきり言ってみた。

「だから、食いものにされても構わないと言ってるんです。——ただし、その……見返りに、僕のお願いを聞いてくださるのなら」

「なにをお願いするつもりだ?」

十和田が怪訝そうに眉をひそめた。

(あ、こういう表情、はじめて見た)

異国風の彫りの深い顔立ちなだけに、ちょっとした表情の変化でもくっきり陰影が現れる。

(……絵になる男《ひと》だな)

佑樹は一瞬その表情に見とれる。

そして、これ以外の他の表情も、もっと見てみたいと切実に思った。

できることならば、もっと近い距離で。

そんな思いに突き動かされるまま、勇気を振り絞って口を開く。

「ぼ、僕と、遊んで欲しいんです！」

（言えた！）

この一言を、どんな流れで、どうやって伝えたらいいのかと散々悩んでいた。いざとなると、言えないいんじゃないかと不安だったのだが、こんなに早く言えるとは……。お酒を飲んでちょっとふわふわした気分なのが、功を奏したのかもしれない。

一種の達成感に興奮しつつ、返事を求めて十和田を見たら、どうしたわけか十和田は不思議そうな顔をしていた。

「遊ぶって、なにをして遊びたいんだ？」

「え？　あ、いえ、そうじゃなくて……」

（つ、通じてない）

たとえば、これが行きつけのバーなどで軽い調子で言われたのならば、十和田だってあっさり意味を把握していただろう。

だが、言った相手が、いつも真面目で、年齢のわりに色事とは無縁そうな無垢《むく》な雰囲気を持った佑樹なのだ。

そっち方面に結びつけて考えること自体、無理な話だった。

（どうしよう……）

出鼻をくじかれた佑樹は、気まずくなって俯いた。

いっそのこと、気づかれなかったのをこれ幸いと誤魔化してしまおうか。

だが、こんな、はしたないお願いをする機会が、今後また都合よく訪れるとは思えない。

それを思うと、この機会を逃すのは酷く惜しい。

佑樹は、もう一度勇気を振り絞って、俯いたまま口を開いた。

「十和田さんは遊び人だと、五百川さんから伺いました」

「まあ、そう言われても仕方がない生き方をしてるかな」

「だから……その……。僕とも遊んで欲しいと思ったんです！」

ぎゅっと目を閉じ、最後のほうは思い切って一息で告げる。

さて答えは？　とおそるおそる顔を上げると、あまりにも思いがけなかったようで、十和田は酷く驚いた顔で固まっていた。

「……あの、十和田さん？」

「え？　あ、ちょっ、ちょっと待ってくれ」

「はい」

返事を待てという意味かなと思って頷くと、十和田は手酌で酒をクイッと飲んだ。

「――いや、びっくりした。まさか、そういう意味だとは思わなかった」

本気で驚いているのがわかるので、佑樹は「すみません」となんとなく頭を下げる。

「いや、別にいいんだが……。というか、なんで俺にそんなことを言うんだ？　佑樹くん、俺のこと毛嫌いしてただろう？」

「とんでもない！」

今度は、佑樹がびっくりする番だった。

意識するあまり、今まで何度も失礼な態度を取ってしまったことが悔やまれた。

「嫌いじゃないです！　ただ、五百川さんから十和田さんの話を聞いて以来、ちょっと意識してしまうようになっただけで……」

「ああ、そうか。ゲイの遊び人を見るのがはじめてで過剰反応したってところか。……それで好奇心が芽生えて、少しばかり危ない遊びをしてみたくなったのかな？」

違う？　と問われた佑樹は、ためらいつつも頷いた。

（そういう風にしておいたほうがいい）

あなたに一目惚れして恋をしてしまったから、こんなお願いをしているのだと打ち明けたりしたら、きっと遊び人の十和田にとっては重荷になるだろう。

「駄目……ですか？」

どんな答えが返ってくるかと思うと、膝の上に揃えた手が震えた。

涙まで出そうになって、慌ててまばたきしたら視界が微かに滲《にじ》む。

「駄目じゃないが……」

十和田は慌てて、そんな佑樹から目をそらした。

「あ、じゃあ……」

僕と遊んでくれるんですね？　と続けようとした言葉が、「いや、駄目だ！」とハッとしたように叫ぶ十和田の大きな声に止められた。

「危なかった。俺としたことが、うっかり頷くところだった」

大きな手でこめかみを摑《つか》んで、頭痛を堪《こら》えるような仕草を見せる。

「そんな……。どうして？」

頷きかけたように見えていただけに諦《あきら》めきれない。

佑樹が軽く身を乗り出すと、十和田もそれに合わせたように身を引く。

「どうしてもだ。君に手を出すと、後が怖い」

「後が怖い？」

どういう意味だろう？

佑樹が生真面目に考え込んでいると、十和田は前触れもなく立ち上がった。

「ごちそうさま。今日はもう帰らせてもらうよ」

「え、でも、まだお料理残ってますし、デザートだってあるのに……」

もう少しだけ一緒にいてくださいとお願いするより先に、自分で襖を開けて十和田はそそくさと部屋から出て行ってしまう。

「十和田さん！」

佑樹は慌てて追いかけ、玄関の所で追いついた。

「待って、待ってください！」

なんとか引き止めたくて、十和田のスーツの袖《そで》を掴む。

だが十和田はその手を冷たく振り払った。

「悪いな。お互い、今日のことはなかったことにしよう」

そのほうが絶対にいいから、と靴を履いて振り向いた十和田が気障に微笑む。

こんなときだというのに、佑樹は気障なその微笑みに一瞬見とれ、その隙に十和田は玄関から外へと出て行ってしまった。

そして玄関の引き戸が、佑樹の目の前でピシャリと勢いよく閉まる。

まるで、追いかけてくるなと言われているようだ。

佑樹は追いかける気力をなくして、その場にへたり込んだ。

（……僕、ふられたのかな）

ぼんやりそんなことを考えたが、すぐにその考えが間違いだと自分で否定した。

つき合ってくれと言ったわけじゃないから、恋愛的な意味ではふられていない。

ただ、遊び相手にはできないと拒否されただけだ。

（そりゃそうだよね。ずっと態度悪かったし……）

ろくに接客もしていなかったし、目の前でぷいっと顔を背けたことだってある。嫌われていると勘違いされるほどだったのだから、きっと自分の好感度はゼロに近かったんだろう。

――君に手を出すと、後が怖い。

そんな十和田の言葉が頭の中でぐるぐると回る。

(やっぱり、僕も母さんみたいになるって思われたのかな)

相手に飽きられて、捨てられても、いつまでもいつまでも思い続けてしまう。

十和田の目には、自分がそんな執念深さを持ち合わせた人間に見えていたのだろうか？

(でも、きっとそうだ。……僕は、そうなのかもしれない)

あっさり拒否されたのに、それでもまだ諦めていない。

今からもう一度好感度を上げる術はないだろうか？　なんとかしてもう一度チャンスをもらえないだろうか？　と、頭の隅でもうぐるぐると考えを巡らせている。

それは、恋をすれば誰もが通る道。

この人が駄目ならあっちの人をとあっさり切り替えられる人達ばかりだったら、切ない恋の歌が流行《はや》ったりはしないだろう。

恋した人を諦めるのは誰だって難しいものだ。

だが、色恋沙汰《ざた》に触れないまま生きてきた佑樹にはそれがわからない。

（十和田さんみたいな人からすると、僕みたいにしつこい人間はきっと鬱陶《うっとう》しいんだろうな）

諦めきれない自分に、ただただ自己嫌悪を感じるばかり……。

ぺたっとへたり込んだ床から冷気が上がってきて、佑樹は軽く身震いした。

「……寒い」

十和田と居るときにはまったく感じなかった寒さが身体の芯《しん》まで染《し》みてくる。

ずっとひとり暮らしでもう馴れたはずだったのに、ひとりでいることがなんだか酷く心細かった。

3

「どうやら、お互いの認識が少しばかりずれているようですね」

取引先の応接室、困ったものだと言わんばかりに、十和田は外国人ばりのオーバーアクションで肩を竦めてみせた。

ちょいと個性的な鷲鼻の持ち主で、欧米人風の彫りの深い顔立ちをしている彼がそういう仕草をすると、これが実に鼻持ちならないほどふてぶてしく気障に見える。

だが、それも計算のうちだ。

「残念ですが、そのようですな」と、取引先の担当者も、負けじとばかりに大袈裟《おおげさ》に頷いた。

「ですが、確かに御社の営業担当は、私共の要求に応じて値引きを約束してくれたのですよ。その条件ならばと承諾して仕事を依頼した以上、こちらとしても値引き以前の金額には応じることはできかねますな」

（ったく、よく言うよ）

営業担当である部下からは、確かに値引きに応じたという報告を受けている。

だがそれは契約書を作る以前の話であり、交わした契約書に書かれてある額面はきっちり値引いた上でのものとなっているのだ。

それなのにこの男は、お宅の営業が確かにそうしてくれると口約束したとごり押しして、そこから更に値引きしろと言ってきている。

当然のことながら、契約書がある以上、法的にもこちらのほうが強い。

だが、それを承知の上で先方はごねているのだ。

言った言わないの水掛け論になれば、いずれはどちらかが折れねばならない。折れなければ、揉《も》め事は法廷に持ち込まれることになるからだ。法廷に持ち込むより折れてしまったほうが、金額的な損失や企業イメージへのダメージが少ない。こちらがそんな風に判断するのを先方は期待しているのだろう。

(そうは問屋が卸さないってな)

確かに、どうしても見逃せないほどの損失ではないが、押されて負けたという実績を作りたくはない。

一歩でも後ろに下がったという実績を作り、あの会社は押せば折れるというイメージを得てしまうのは、不況のこのご時世だけに長い目で見て喜ばしくないからだ。

十和田が勤めているのは、【freestyle】フリースタイルという若い会社だ。

フリースタイルはイベント企画会社であり、仕事内容はたいそう範囲が広く、かつ、つかみ所がなく、ちょっとばかり胡散臭い。

社長が非常に年若く、遊び心が旺盛《おうせい》な人物であるせいで、一風変わった婚活イベントやマニアックな趣味を持つ人達限定の観光イベントなど、多少イロモノ系の企画を打ち出しては成功を収めて、マスコミからの注目を浴びているのだ。

もちろん、そんなイロモノ系のイベントにだけ頼った経営をしていては、いつ何時大失敗しないとも限らないので、大企業相手のイベント企画や運営なども手がけており、安定した企業経営はそちらの収益で支えていた。

だが世界的な不況に見舞われている昨今では、大企業のほうも懐事情が厳しいらしい。年若い会社だと舐《な》められてか、今回のようにイベント終了後の支払いの段階で、無理難題をふっかけられて揉めることがたまにある。

同業者の中には今後のつき合いを考えて折れる企業もあるようだが、長期的に見てそれがいい打開案だとは思えない。そもそも契約締結時に不況の現状を鑑《かんが》みて、それなりに妥協をした上での金額を提示してやっているのだから、これ以上の妥協は必要ないはずだ。

損失分を飲んだとしても、今度はこちらがその埋め合わせを考えなければならなくなる。それでイベントスタッフ等の外注先への支払いを渋れば、今度はその下請け業者の経営を圧迫する。長く提携を結んでいる会社にもしものことがあれば、その影響はこちらにも及ぶのは確実だ。

それならばと、最初から安い金額を提示している下請け業者に手を伸ばすのも危険だ。その手の会社の中には、ヤバイ筋と繫《つな》がっている所もあって、商談を持ったりしたら最後、火のない所に煙が立って、それこそどんなトラブルに発展しないとも限らない。

実際、同業者の中には、業界に進出を目論《もくろ》むヤバイ筋の輩《やから》に乗っ取られた会社もあるぐらいだ。

ひとつの歯車の狂いが、後々大きな悪影響を及ぼす危険性を思えば、危険を未然に防ぐためにも、そうそうあっさり折れるわけにはいかない。

そのために十和田は、部下である担当営業が、もう自分ではどうにもならないと泣きついてきたこの会社に、こうして直接乗り込んできたのだ。

「……困りましたね」

大きめな唇にうっすらとした笑みを浮かべたまま軽く目を伏せ、とりあえず悩んでいますよと見えるようなポーズを取ってみる。

この段階では決して強硬な態度で相手の言い分を論破したりはしないし、もちろん安請け合いもしないというのがフリースタイルのセオリーだ。

（こいつは俺じゃ落とせないだろうな）

年齢も十和田より随分と上だし、ごり押ししてくる態度も実に堂に入っている。

たぶん、この手の交渉事のエキスパートなのだろう。

太刀《たち》打ちできる相手じゃないと、十和田はあっさり諦めた。

自分はあくまでも斥候《せっこう》。手に負える小物ならば直接相手をすることも厭《いと》わないが、そうでない場合は情報だけを収集して、後は交渉が上手な上に丸投げ。

無責任と言うなかれ、これは戦術的撤退なのだ。

「私では判断できかねるようなので、社に持ち帰って上の者と相談してきます」

帰り際、「いいお返事を期待していますよ」と言われた十和田は、「さて、ご期待に添えるかどうか……」と呟きつつ、軽く目を細めて不敵に微笑んでみせた。

「我が社は支払い上のトラブルを解決できなかったことはないんです。……例外は、取引先の会社が倒産したときぐらいのものですね」

負ける気はないと言外に宣戦布告して、笑みを浮かべたままその場を去る。

とはいえ、偉そうな態度を取っても、後の処理は上司に丸投げするわけだが……。

社屋を出たところで、携帯が鳴った。

表示を見ると、ここの営業担当である部下だった。たぶん、交渉がどうなったか心配でたまらずに連絡してきたのだろう。

十和田は携帯に出て、上に丸投げすることになったと教えてやった。

『上に……。十和田さんが怒られたりしないすか？』

「平気さ。つーか、無駄にじたばたして下手な言質《げんち》を与えてから丸投げするより、手つかずで渡したほうがいいと思うぜ？」

むしろ誉められるかもと告げると、『そんなもんすかねぇ』と怪訝そうな声が返ってくる。

「そんなもんさ。ま、今回の件は向こうの会社が最初からそのつもりで悪巧みしてきてんだ。おまえはなんも悪くないから、あんま気にすんな。出先なんだろ？　客先に湿気《しけ》た面《つら》で行くんじゃねぇぞ」

『はい！　わっかりました。じゃ、失礼します！』

十和田がわざとべらんめぇ口調でハッパをかけてやると、携帯の向こうの部下の声が明るくなった。

（……あ～、ほんと単純）

営業畑には体育会系が多いものだが、フリースタイルはその傾向が特に顕著だ。

みんな能天気で単純で、馬鹿がつくほどに正直で素直だから、実に扱いやすくて助かる。

十和田はといえば、体育会系とは真逆の人間だ。

正々堂々と戦うのは面倒だし、怪我《けが》もしたくないから尻尾《しっぽ》を巻いてあっさり逃げる。逃げられない場合は、自分より強い人間の影にひょいっと隠れるのが常だ。

所謂、虎《とら》の威を借る狐《きつね》タイプの人間である。

そんな自分のことを小利口だとは思うが、優れた人間だとは思わない。

大なり小なり他人よりなにか突出したものを持つ者や、人生において何事かを成し遂げる者には、情熱とか執着心とかいった強い感情があるものだが、繁之はその持ち合わせがどうしたわけか極端に少ない。

その段階ですでに、なにか負けているような気もするのだ。

もちろん、それで別に構わない。

情熱も執着心もないお陰で、勝ち負けにも興味がないからだ。

我が身を危険から守りつつ、花から花へ、美味い蜜《みつ》を吸ってひらひらと楽しく生きていければそれでいい。

ある意味、十和田は寄生型の人間でもある。

(ま、そういう人間だって世の中には必要だよな)

どいつもこいつも、やたらめったら情熱的でやる気に満ちあふれていたら、この世の中、暑苦しくてしょうがない。

多種多様の人間がひしめき合っていてこそ、世の中のバランスも取れるってものだ。

「いま帰ったぞー」

オフィスビルの八階にある会社に戻ると、十和田はいつものように会社に残っていた部下達に偉そうに声をかけた。

「あ、十和田さん。ちょっ、ちょっとしゃがんでください」

小声で話しかけてきた部下達は、十和田の姿を認めてすぐしゃがみ込んで手招きしてきた。

フリースタイルはワンフロアぶち抜きで壁がないから、奥まった場所にいる社長やら重役やらから姿を隠すためにそうしているのだろうが……。

「……なんでこの俺様が、おまえらにつき合って、んなみっともない格好をしなきゃならないんだよ」

俺はこれでも一応この会社の重役のひとりなんだぞと、不格好にしゃがみ込む部下達を立ったままで偉そうに睥睨《へいげい》する。

「おまえら、なにやらかした？」

「やだなぁ。俺達はなにもやってませんよ。やったのは十和田さんでしょ？」

「俺？　俺がなにやったって？」

「知りません。——昼休憩から戻った後、五百川さんが十和田さんのこと捜してたんですよ。……むっちゃいい笑顔で」

「五百川さんが……むっちゃいい笑顔で？」

その五百川こそが、十和田が件《くだん》の用件を丸投げしようとしている上司だ。

人生経験豊富で百戦錬磨、この社内で最強にして最恐の人物だ。

普段から五百川は、その穏やかな顔に好々爺とした笑顔を浮かべているのだが、どうしたわけか機嫌が悪くなるとその笑顔がワンランクアップするという奇妙な癖がある。

五百川の『むっちゃいい笑顔』を見たらエマージェンシーだというのは、フリースタイルの社員達の共通認識だった。

「心当たりないんですか?」

「あるわけないだろ」

十和田の答えに、部下達は、な～んだとつまらなそうな顔で立ち上がった。

「なんだ、おまえら? 俺が五百川さんに怒られたほうがよかったって顔だな?」

「やだなぁ。そんなことないですよ」

嘘つけ、このやろう、とへらへらしている部下達を苛《いじ》めていると、「十和田さん、いったいなにをやらかしたんですか?」と、今度は離れたところから声をかけられた。

声の主はフリースタイルの若き社長、天野流生《あまのるい》だ。

流生は目の保養になるその端整な顔に、好奇心満々の笑みを浮かべている。

「社長まで……。残念ながら、俺はご期待に添えるようなヘマはなにもしてませんよ?」

「なんだ。つまらないな」

「つまらなくなんかないです。他人事《ひとごと》だと思って面白がらないでくださいよ。——あ～、ったく、もう! おまえらが寄ってくるから、社長まで興味津々になっちまってるじゃねぇか」

散れ散れ! と部下達を追っ払うと、もう祭りは終わりかと流生もつまらなそうに自分のデスクに戻って行った。

(……ったく、ほんと馬鹿ばっかりだ)

この会社に能天気で単純で馬鹿がつくほど正直で素直な社員達が多いのは、社長である流生がその手の能天気馬鹿を好んで雇い入れているせいだ。

どうやら明るく能天気な人間を好む性質があるようなのだが、もうちょっとバランスというものを考えて欲しいところだ。

(俺達が居なきゃ、この会社、絶対に回らないぞ)

自分達が楽しいのが一番で、利益は二番。

そんな考え方をする奴ばかりでは、あっという間に赤字経営になるに決まっている。

今現在フリースタイルが、名実共に優良企業としてやっていられるのは、起業当時から社長を支えている三人の古参社員が能天気な社員達の手綱を取ってコントロールしつつ、陰で上手に立ち回っているお陰だ。

社員達曰く、フリースタイルの三賢人——陰では三悪人と呼ばれているらしいが——なのだそうだが、十和田的にはその立場は微妙に据わりが悪い。

(五百川さんと同列ってのが……)

はっきり言って五百川は別格で、十和田を含む残りのふたりはその直属の手下みたいなものなのだ。

かつては敏腕弁護士として活動していたこともある五百川は、トラブル対処の手腕も、人間としての器も、そりゃもうたいしたものだ。

自らを軽佻浮薄《けいちょうふはく》と自認している十和田などは、そのご威光にへへーっと心からひれ伏して、もっぱら、はいはいとご命令通りに動いている。

この人の言う通りにすれば大丈夫だという安心感と、機嫌を損ねたらおしまいだという危機感とを併せ持って日々を過ごしているぐらいだ。

だからこそ、怒らせるような真似をしないよう気をつけてもいて、仕事面ではなにも悪さはしていないと断言できる。

が、困ったことにプライベートのほうには、五百川からむっちゃいい笑顔をされる心当たりがあった。

(……やっぱり、佑樹くんの件か?)

はじめて十和田が緑陰庵を訪れてからすでに二ヶ月が経つ。

店主の佑樹が、中性的な容貌でスレンダーな肢体《したい》のちょっと薄幸そうな大人《おとな》しめの美人という十和田の好みドンピシャで、これは素晴らしいと喜んでいたら、『十和田くん、駄目ですからね』としょっぱなから五百川に釘《くぎ》を刺されたのだ。

十和田の好みは、どうやら五百川にバレバレだったらしい。

そもそも十和田にそこら辺に関する事情を隠す意志がないのだから、知られていて当然だ。

十和田が自分がゲイだと自覚したのは幼稚園児の頃、早熟な子供だった。

家族にはカミングアウトしてないが、どうやらうっすら気づいているようだ。

その上で黙認しているらしく、三十代半ばを過ぎても結婚話が出たことは一切ない。

会社のほうでは、体育会系の部下達から、彼女はいないんすか、結婚はまだっすかとしつこく聞かれるのが面倒でカミングアウトしてみたが、それと同時におまえらみたいな能天気な馬鹿は興味がないと宣言したせいか、変に意識されることもなく気楽に過ごせている。

つい最近、驚いたことに社長である流生までもがゲイだとカミングアウトして、パートナーである青年と養子縁組をしてしまったので、更に会社での居心地はよくなっていた。

この手のセクシャリティに生まれついた者の中では、かなり恵まれているほうだと言えるだろう。

『君のプライベートに口出しする気はないけどね。でも、佑樹くんだけは駄目ですよ』

弁護士時代に佑樹の家の財産管理等をやっていた縁で今でもつき合いがあり、佑樹のことは幼い頃から見守ってきたから、今では身内のようなものだと五百川が言う。

『箱入りで世間知らずな子なんです。ちょっとからかわれても、本気で悩んでしまうような……。だから、変なちょっかいを出さないように』

その言葉に、十和田は即座に頷いた。

五百川の身内も同然の相手とトラブルを起こしたりしたら、いったいどんな恐ろしいお仕置きをされるかわかったものじゃないからだ。

（久々にいい感じだったのになぁ）

ひらひらと楽しく生きていきたいと思っている十和田にとって、必要なのは気楽な遊び相手だけで、特定の恋人に縛られたいとは思わない。

だが、人生にアイドルは必要だ。

ついこの間までは、フリースタイルに出入りしている美形の花屋をアイドル認定して、それとなくちょっかいを出してはその反応を楽しんでいたのだが、特定の相手がいるからときっぱり宣言されて予防線を張られてしまい、今ではもうちょっかいを出せなくなっている。

新たなアイドル候補として、あの和服姿でスレンダーな青年は実に最適なのだが、五百川の目が光っているのならば潔く諦めるしかなかった。

その後、五百川が、念の為《ため》に佑樹のほうにも忠告しておいたと言うので、どんな風に忠告したのかと聞いてみた。

『君のセクシャリティとか、その奔放《ほんぽう》な遊びっぷりを、少しばかり派手に脚色して教えてあげました』

脚色する必要があるのかと聞いたら、もちろんだと五百川は頷く。

『ちょっかいを出さなくても、君は存在自体が派手で目を引きますからね。側にいるだけで悪影響を及ぼしそうです。あの子は純粋培養だから、いろんなことに免疫がなくて危なっかしいんですよ。君の毒に当てられたりしないよう、自分から避けるように仕向けておかないと……』

手下として誠心誠意働いている部下を危険物扱いかと、これにはさすがにがっかりしたものだ。

いったいどんな悪行を吹き込まれたものか、その頃から佑樹は十和田を露骨に避けるようになったが、これにはがっかりしなかった。

普段は控えめで、どこか寂しげな雰囲気の美人が、まるで子供のように目の前でぷいっと顔をそらすさまは、その意外性もあって可愛いばかりだったからだ。

自分を避けている佑樹のためを思えば、その段階で緑陰庵に足を運ぶのを止めるべきだったのかもしれない。

だが、十和田はその後もしつこく緑陰庵に通い続けた。

囲炉裏端でのんびり世間話をしている常連客達との会話や、子供みたいな仕草で自分を避けようとする佑樹と、彼が作る料理が気に入っていたからだ。

(ちょっかい出さなきゃ、五百川さんも怒らないだろうしな)

上質な出汁がよく利いた薄味で京風の料理は、今は亡き祖母の味を思い出させる。

郷愁を誘う味とでも言うのだろうか。どんな高級な素材を使った料理より、佑樹が作るお吸い物のほうを美味いと感じるぐらいだ。

きっと幼い頃に培った味覚に勝るものはないのだろう。

そんな状態だったから、佑樹から新メニューの試食を頼まれたときには、とうとう彼の堪忍袋の緒が切れたのだろうと思ったものだ。

常連客のいない場所で、もう緑陰庵に足を運ぶのは止めてくださいと来店拒否を言い渡されるのではないかと……。

それなのに、突然母屋に招待されて、待っていたのは高級懐石料理の数々、しかも美人のお酌で酒まで飲まされた。

あまりにもうまい話に、これはなにか裏があるんじゃないか、なにかの罠《わな》じゃないかと本気で警戒してしまったぐらいだ。

それなのに、待っていたのは、唐突な遊びのお誘いだった。

（馴れない真似をして……）

色事のお誘いをしているというのに、佑樹は酷く緊張して堅くなっていた。

その手のことにとんと縁がない生活をしていることが丸わかりだ。

それでも、緊張感からか、それとも酔いのせいか、うっすら血色がよくなっている触り心地のよさそうなキメの細かい白い肌は妙に艶っぽく、恥ずかしげに伏せられた目元を飾る微かに震える長い睫毛の風情もたまらなかった。

緊張のあまりきつく引き結ばれて白くなっている唇が、色に溺《おぼ》れてほころぶことがあったら、いったいどれほどに色っぽくなるだろうか。

そもそもが好みのタイプの上に、うっかりそんな想像をしたものだから、十和田は不器用な佑樹のお誘いに頷きかけてしまったのだが……。

（駄目だ。この据え膳《ぜん》は、俺にとって毒だ）

綺麗な花には棘《とげ》があるように、美味しそうな据え膳からは甘い毒の香りがする。

たとえ同意の上だったとしても、無垢で初心《うぶ》な子に手をつけたことを、五百川に責められることは避けられないからだ。

そうなると、この会社での立場も悪くなる。

それは非常に困る。

恋愛事と同じように、仕事先もひらひらと変えてきた繁之だが、今の職場は色々と居心地がいいから、まだまだ居座りたいと思っている。

自己保身のためにも、あそこで誘惑に負けるわけにはいかなかったのだ。

だからこそ、理性があるうちにと、あの場から急いで逃げ出した。

十和田自身は平気だが、再び顔を合わせたらきっと佑樹が気まずい思いをするだろうと思ったから、あれ以来緑陰庵にも行っていない。

それですべてが終わったつもりだったのだが。

（まさか、五百川さんに密告するとは……）

自分から男を誘ったことを、佑樹がわざわざ報告するとは思わなかった。

いったいなにをどう報告されたのだろうかと想像すると、ちょっとばかり肝が冷える。

（俺から迫ったってことになってたら、まずいよなぁ）

好みの美人に迫られて、ぐっと我慢して手を出さずに尻尾を巻いて逃げてきたというのに、なんでこんなことになっているのか。

なんだか貰い事故にでも遭ったような気分だった。


それからしばらくして、デスクに座って雑用を片づけていたら、ぽんと肩を叩かれた。

振り向くと、恐ろしいことに、むっちゃいい笑顔の五百川が立っている。

「佑樹くんのことで、お話があるんですけどね」

(うわ、やっぱり来たか……)

ちょっと来てくれる？　と手招きされて、逃げるわけにもいかず、十和田はパーテーションで区切られている応接スペースへ怖々と向かった。

万が一、据え膳をいただかなかった腹いせに、あることないこと佑樹から告げ口されていたとしたら、身内も同然の佑樹と部下である十和田、五百川はどちらの言い分を信じるだろうか。

(どう考えても、俺のほうが分《ぶ》が悪い)

普段の素行の悪さを知られているのだから……。

五百川に聞かれるまま、ペラペラとゲイの恋愛事情を話してしまったかつての自分が酷く恨めしい。

戦々恐々とした気分で応接室の椅子《いす》に座るとすぐ、「どういう手を使ったんですか？」と聞かれた。

「は？　手って、なんのことです？」

「ですから、佑樹くんのことですよ。いつの間に親しくなったんです？　ちょっかいを出さないようにと、あれほど言っておいたのに」

五百川は、むっちゃいい笑顔を浮かべている。

「親しくは、なってないと思いますよ？」

むしろ逆、据え膳を喰《く》わずに逃げ帰ったことで、絶対に機嫌を損ねているに違いない。と、十和田は思っていたのだが。

「親しくもない相手に、わざわざ頼み事なんてしないでしょう」

「えっと……。すみません、話が見えないのですが」

「だからね。佑樹くんから君に、なにか頼み事があるらしいんですよ。だから緑陰庵に顔を出してくれるように君に伝えてくれって頼まれて来たんです」

「佑樹くんが、俺に頼み事を？」

あることないことねつ造されて告げ口されたわけじゃなさそうで、とりあえずはほっとしたが、いったい頼み事とはなんだろう。

（まさか、また遊んでくれって言うつもりじゃないだろうな）

十和田がいつもの癖でオーバーアクション気味に首を傾げると、五百川が怪訝そうな顔をした。

「なにか、気になることでも？」

「いえ、別に……」

なにもない、と言いかけて止めた。

ここで隠し事をしておくと、後々面倒なことになりそうな嫌な予感がしたのだ。

すべての事情を話し、自分にはなにも後ろ暗いことはないですよと先に意思表示しておいたほうが得策だ。

だが、佑樹が自分から男を誘おうとしたなどという話を、五百川が信じるかどうか微妙なところだ。

悪質な嘘をつくなと疑われる危険もあるが、適当な嘘をついて話を誤魔化すのは、やはり後々面倒なことになりそうで怖い。

（一か八かだな）

どうとでもなれと開き直った十和田は、脚色なしの真実のみを白状することにした。

「……佑樹くんが自分から？」

「ええ、そうです」

話を聞き終わった後、五百川は泣き笑いのような、なんともいえない微妙な表情を見せた。

「呆《あき》れるでしょう？　あの子は、もうちょっと人を見る目を養ったほうがいいですね」

二十代も半ばの成人男子をあの子呼ばわりするのも奇妙な話だが、佑樹のあのぎこちなくも真面目な受け答えを思い出すと、世慣れていない子供みたいに思えてしまう。

「まあ、あの子も大人だから、私が口を出すことでもないですが……」

さて困ったと、五百川が深々と溜め息をつく。

肩を落として考え込む顔は、なんだか急に老け込んだように見える。

「この話、私は聞かなかったことにしておきますよ。とりあえず、遊びで手を出さずにいてくれたことには感謝しておきましょう。——さて、十和田くん」

「はい」

「できるなら、数日のうちに緑陰庵に顔を出して欲しいんですが。どうですか？」

「行ってもいいんですか？」

「いいですよ。私には頼みにくいことなのかもしれないし、佑樹くんの頼みに耳を傾けてあげてください。もしもそれが君に手を貸せるようなことだったら、助力してもらえると助かります」

ただし、と、五百川は唐突にむっちゃいい笑顔に戻った。

「あの子に遊びで手を出すような真似をしたら、どうなるかわかってますね？」

「……わかってます」

弁護士時代からの五百川の人脈はやたらと広くて、底なしに深い。

下手に逆らったら、公私に渡ってどんな影響が出るか想像するのも怖いぐらいだ。

「五百川さんのご機嫌を損ねるような真似はしませんよ」

十和田はオーバーアクション気味に肩を竦めてみせた。


気がかりなことは、さっさと済ませてしまうほうなのだ。

だから、さっそく十和田はランチを兼ねて翌日に緑陰庵に向かった。

「やあ、こんにちは」

「いらっしゃいませ、十和田さん」

店に姿を現した十和田に、佑樹は以前と同じ素っ気ない態度で応じた。

その代わりのように、「兄ちゃん、久しぶりだね」と常連客のお年寄り達に歓待されて、とりあえずいつものようにランチを食べる。

今日は鰆《さわら》の西京焼きに切り干し大根、酢の物に自家製のぬか漬けという、いかにもお年寄りが喜びそうなメニューにしてみた。

久しぶりに食べる佑樹の料理は、やはり文句なしに美味い。

これが食べ収めになるかもしれないと、いつもより時間をかけて、じっくり味わいながら食べた。

ゆっくり食べている間に、佑樹が話しかけてくるのを待ってもいたのだが……。

(……こないな)

あの出会い頭の素っ気ない態度といい、本当に呼ばれているのかと首を傾げる。

いぶかしがっていると、帰りの支払いの際に、やっと佑樹は話しかけてきた。

「すみません。ここでできるような話じゃないので、今晩にでも母屋のほうにいらしていただけませんか?」

佑樹は露骨に十和田から目をそらし、常連客達に聞こえないよう小声で話した。

「……わかった」

それならそうと先に言って欲しかった。

そうしたら無駄足を踏まずに済んだのにと、佑樹の素っ気ない態度と相まって少しばかりむっとする。

だが、前回招待されたときも、場所が母屋だと伝えるのを忘れていたと言っていたし、案外、抜けているだけかもしれない。

外見が楚々《そそ》とした美人だけに、そのギャップがなんだか可愛く思える。

(五百川さんルートだったから、気まずくて言えなかったのかもな)

お互いに忘れようと言った十和田自身が、あの夜のことを五百川にぺろっとしゃべってしまうとは、佑樹からすれば予想外の出来事だろうし……。

「今日は勧められても酒は飲まないからね」

「あ、じゃあ、お食事は?」

「作ってくれるのか?」

「はい、よろしければ」

そっぽを向いたまま、佑樹が言う。

首の後ろで髪を括っているせいで丸見えの耳が、なぜか真っ赤になっている。

(もしかして、怒ってるのか?)

この間の夜に邪険にしたことを……。

屈辱《くつじょく》感に耐えながらも、なにか目的があって呼び寄せようとしているとか?

(毒でも盛られるんじゃないだろうな)

ちょっと怖い想像をして、十和田は軽く身震いをした。

★

(ああ、嬉しい! また十和田さんに会えた!)

しかも、今晩もう一度会える。

佑樹は、帰って行く十和田の後ろ姿を見つめながら、ひとりじんわりと喜びを噛《か》みしめていた。

あの夜以来、十和田はぱったりと緑陰庵に通ってくるのを止めた。

ガレージに残していった車も、気がついたらなくなっていた。

それが辛くて、悲しくて、日が経てば経つほど会いたいという想いが募って、佑樹はどうしても我慢できずに五百川に連絡を取ってしまったのだ。

上司である五百川に緑陰庵に行けと言われれば、十和田も拒めないのではないかと思って……。

（僕は卑怯者だ）

生真面目な佑樹は、十和田に対しても、五百川に対しても、酷く申し訳ないことをしていると感じていた。

それでも、どんな手を使ってでも、どうしてももう一度十和田に会いたかったのだ。

執念深い奴だと思われるかもしれないけれど、それでも構わないとさえ思った。

罪悪感も自己嫌悪も、十和田の顔を見た瞬間、綺麗さっぱり消えていた。

ただただ、恋した人の姿が視界の中にあることが嬉しくてたまらなかった。

そして今は、自分でも身勝手だとは思うけど、今晩はなにを作ろうかと浮かれてばかりで、落ち込む余裕すらない。

（僕の料理、お祖母様の味に近いって言ってたっけ）

日常的に食べていた味なのだとしたら、高級懐石みたいな料理より、普通の家庭料理のほうがより近いと感じてもらえるかもしれない。

悩んだ挙げ句、佑樹は鳥牛蒡《とりごぼう》の炊き込みご飯やふろふき大根等、普通の家で食べられているだろう定番の夕食メニューを作ることにした。

さて、どんな反応を見せるだろうと、夜に母屋を訪れた十和田の前にどきどきしつつ並べてみる。

「お好きだといいんですが」

佑樹は、そっと視線を上げて十和田を見た。

以前は不様に狼狽えたくなくて、なかなかまっすぐ見られなかったが、もうそんなの気にしてる場合じゃない。

なんとかもう一度招き入れることに成功したけれど、今日の企《たくら》みが失敗したら、今度こそ十和田との繋がりが絶えてしまうかもしれないのだ。

一目惚れしたその姿を、この目に焼きつけておきたかった。

「ああ、美味そうだな」

料理を見た十和田は、思った通りとても嬉しそうな顔をした。

「佑樹くんは、もう夕食済ませたのか？」

「いえ、まだですけど」

「じゃあ、一緒に食べよう」

「はい！」

思いがけない申し出が嬉しくて佑樹が思わず微笑むと、十和田はなぜか不思議そうな顔でそれを見ていた。

炊き込みご飯を二度もお代わりしてもらえたのだから、夕食は大成功だったと言えるだろう。

ただ佑樹自身は、なぜか十和田が食事をする佑樹の口元をじっと見つめるものだから、その視線が気になって、いつもの半分ぐらいしか食べられなかったが……。

（最初のうち、僕を見てばっかりで全然食べてくれなかったし……）

見られていると思うとやたらと緊張してしまって、食事中何度も箸を落としたり、食器同士を触れ合わせて音を立てたりと、かなり失礼な真似をしてしまった。

不作法だと思われていませんようにと祈るばかりだ。

「美味かった。ごちそうさま。——さて、本題に入ろうか」

テーブルを綺麗にして食後のお茶を出すと、待ちかまえていたように十和田が言った。

「俺への頼み事っていうのはなんだ？　っと、先に断っておく。この間のようなお願いは、絶対にきかないからな」

後が怖い、とまた十和田は呟く。

「後が……」

（また、言われちゃったか……）

もう一度会えるのならば、執念深い奴だと思われてもいいとすら思ったのに、実際に言われるとやはり胸に刺さる。

おまえみたいに危ない奴には、絶対に近寄りたくないと言われているようで……。

「ちょっ、おい。なに泣いてるんだ？」

「……え？」

十和田の指摘に驚いて目元に触れると、指先には涙の雫《しずく》がついていた。

「ご、ごめんなさい。泣くつもりはなかったんですけど……」

でも好きになった人から拒絶されるのはやはり辛い。

これが佑樹にとってははじめての恋だっただけに、この手のショックにも免疫がないのだ。

「泣くようなことかよ」

十和田の声の調子に呆れたような響きを感じて、佑樹はしゅんとなった。

「十和田さんが怖いだなんて言うから……」

だからショックだったのだと告げたところで、十和田には意味がわからないだろう。

十和田は、佑樹が彼に恋をしていること自体知らないのだから……。

「怖いに決まってるだろ。だいたい君だって、それがわかってるから五百川さんルートで俺を呼び出したんだろうが」

「え？　五百川さん？」

「そうだ」

他にいないだろうと、十和田が大袈裟に肩を竦める。

「君は身内みたいなものだから、絶対にちょっかいを出すなと釘を刺されてるんだ。あの人の身内に下手なことをすると、本当にヤバイことになるからな」

十和田は眉をひそめた。

くっきりと陰影がついたその表情に見とれながらも、佑樹は指先を胸に当てて安堵のあまりふうっと深く息を吐いていた。

(怖いのは、僕じゃなかったんだ)

あの夜以来、ずっと胸に刺さっていた冷たい棘が解けていく。

それにもうひとつ、勝手に父親のように思っていた五百川から、身内だと言ってもらえているという事実が嬉しい。

だが、まさかその五百川が、障害として立ちふさがっていたとは……。

(でも、それならばれなきゃいいってことじゃないか？)

ふたりきりの秘密にするからと言って迫れば、なんとかなるのではないか。

そんな淡い期待を抱いたが、焦っちゃ駄目だと自分をたしなめた。

（一足飛びに進めようとしちゃ駄目だ）

今のふたりは店の主とその客という関係でしかない。

秘密にするからと言って迫ったところで、その秘密が本当に守られるかどうか、佑樹のことをよく知らない十和田には判断できないだろう。

（僕のことを、もっとよく知ってもらわないと）

遊び相手にしてやってもいいかと思ってもらえるように。

そのためにも、ふたりの距離をもう少し縮めたい。

こんな風に、ふたりきりで過ごす時間がもっともっと欲しい。

その望みを叶えるために、どうすればいいか……。

泣いてる場合じゃないと、佑樹は目元を指先でぬぐった。

「いったい誰のことを怖がってると思ったんだ？」

「僕のことを言われてるんだと思ってました」

「君を？　なんで俺が君を怖がらなきゃならないんだ？　むしろ逆だろう」

「逆って？」

「君が、俺をもっと怖がったほうがいいってことだよ。ゲイの遊び人が物珍しいのかもしれないが、好奇心は身を滅ぼすぞ」

「好奇心ってわけじゃないんですけど……」

「だったらなんなんだよ」

遊び人を自認している十和田に向かって、あなたのことが好きだからですとは言えない。

そんな本気の気持ちは重いと嫌がられるかもしれないし、それこそ五百川との関係上、面倒な奴に好かれてしまったと佑樹の目の前から姿を消してしまうかもしれないから……。

「だから……その……あなたの話を五百川さんに聞いて、僕もちょっと遊んでみたくなったんですよ」

「やっぱり好奇心じゃないか。その相手に俺を選ぶことはないだろうが」

「だって、僕の周りには、あなた以外にその手の遊びができる人がいないんです」

軽くふくれて言うと、十和田はオーバーアクション気味に肩を竦めて笑った。

「あの店の常連客、年寄りばかりだもんな」

「でしょう?」

「だからといって行き当たりばったりで遊ぶより、五百川さんの知り合いの俺のほうが安心だったってところか……」

「そんなところです」

なんとか誤魔化せたと、佑樹はほっとして頷いた。

「勘弁してくれよ。俺を破滅させる気か」

「大袈裟です。相手にもしてくれなかった癖に……」

「馬鹿言え。これでも我慢してたんだよ。好みのタイプの君に据え膳されて、俺がどんなに苦労して我慢したと思ってるんだ」

（ああ、そうだったんだ）

佑樹が十和田の好みのタイプだと言った五百川の言葉に間違いはなかったらしい。

新たな希望が芽生えて、ふわっと身体が温かくなる。

そうとわかった途端、ついさっき我慢して飲み込んだ思いがつるっと口から零れ出た。

「だったら、五百川さんに内緒ってことでどうですか？」

「どうですかって……。それは駄目だろう」

「黙ってれば、絶対にわからないと思うんですけど」

「わからなくても駄目だ。俺はこれでもあの人のことを尊敬してんだよ。可能な限り、裏切るような真似はしたくない」

「そう……ですか。それなら仕方ないですね」

焦りすぎた。

十和田は五百川とのほうがつき合いが長いし、優先するのは当然だ。

なんとか頑張って親しくなって、これなら大丈夫かもしれないと信頼されるようになるまで待つしかない。

（可能な限り、って言ってたし……）

絶対に、ではないところに、佑樹は希望を持つことにした。

希望を叶えるためにも頑張らなきゃと、真剣な顔になる。

「では、本題に入ります」

「やっとだな」

「はい。あの、実はですね。先日、十和田さんが来てくださった日の翌日のことなのですが……」

あの夜、十和田はタクシーを使って帰ったようで、車はガレージに置き去りにされていた。きっと取りに来るに違いないと、十和田に会いたかった佑樹はその翌日に何度かガレージをチェックしていたのだが、残念ながらすれ違ったようで気づくともう車はなくなっていた。

「確か、翌日の深夜に取りに行ったんだっけか」

「はい。お車代もお渡ししないままだったので、なんとかお会いしたかったんですけど……」

すれ違ったことにがっかりした佑樹は、とぼとぼと夜の庭を母屋に向けて戻った。

そして、その途中、奇妙なことに気がついたのだ。

「裏庭のほうから声がしたんです」

「ちょっ、声って……。まさか、怪談をはじめようってんじゃないだろうな」

十和田が露骨に嫌そうな顔をする。

「怪談はお嫌いですか？」

「別に……。冬場にする話じゃないと思っただけだ」

すいっと視線を横にそらしたところからみて、どうやら十和田は怪談嫌いらしい。

（そういえば、前に裏庭の駐車場でも妙にびっくりしてたっけ）

リアル牡丹灯籠かと思ったと誤魔化していたが、あの驚きようもちょっと妙だった。

（なんだか可愛い）

格好いいと憧れるばかりだった人の人間らしい一面に、佑樹は小さく微笑んだ。

「安心してください。怪談じゃないんです。生きた人間でしたから……」

「人間って……。泥棒か？」

「いえ。声からして、若者のグループのようでした」

声の様子からして、少なくとも三人以上はいたように思えた。

大声ではしゃぎ合い、げらげらと笑う声は酷く柄が悪そうに聞こえる。裏庭から母屋の敷地の間には一応柵はあるが、鬱蒼と茂っている木伝いに柵に飛び移れば越えられないこともない。そもそも裏庭にも柵はあるのだから、侵入者はそれを越えて来ているのだ。

怖くなった佑樹は慌てて母屋に逃げ戻り、契約している警備会社に電話を入れた。

その後、警備会社の人達が駆けつけてくれたときには、すでに侵入者の姿はなかった。

「煙草の吸い殻が複数落ちていたそうです。警備会社の人の話では、泥棒とかではなく、若者が悪戯《いたずら》半分に侵入したのではないかということでした」

鬱蒼とした木々が生い茂る夜の裏庭は、外から見ればけっこう不気味だったりもする。そのせいもあって、肝試し的な遊び感覚で侵入したのではないかと言われた。

「警察には言ったのか？」

「はい、見回りを強化してくれるそうです。警備会社にはセンサーを取り付けてもらっているんですが、なにしろ敷地が広いから完璧に網羅することはできないみたいです」

「かといって、人間の目で確実に見張るとなると、さて何人必要になるかわからないって話だな」

「そうなんです。それに気紛れな悪戯だったのだとしたら、二度目はないように思えるし……。でも万が一、泥棒の下見とかだったらと思うと、ちょっと怖くて……。――盗みに入っても、この家の中には盗む価値のあるようなものはないんですけどね」

「掛け軸とか壺《つぼ》とか、その手の美術品がありそうに見えるがな」

「あることにはあるんです。でも生前の母が、母屋の裏にある蔵の中に全部収めてしまっているので、美術品の類《たぐい》は屋敷内にはないんですよ」

高価な美術品がある家の中では安らげないと、離婚の話し合いの際に父親が言ったらしい。お父さんが帰って来たときのために片づけましょうねと、家中の美術品の類を収めるのを佑樹も手伝わされた。

「しかも、その蔵の鍵は銀行の貸金庫に預けてあるし」

「ああ、それはまずいな」

わざわざ泥棒に入った若者達が、なにも取らずに帰るわけがない。

金目のものはどこだと、佑樹から聞き出そうとする危険があると、十和田は指摘する。

差し出すものがなければ、余計に危険だと。

「この家は隣家から遠すぎる。窓を割ろうが縁側をたたき壊そうが気づかれないだろうし……。——五百川さんには言ったのか？」

「いえ、心配をかけるだけなので」

「言ったところで、なにができるわけでもないか……。ああ、でも、あの人ならボディガードを数人、簡単に派遣することができるんじゃないか？」

「ボディガードって、僕に？」

「そうだ。広い庭を見張るより、君をピンポイントで守ったほうが手っ取り早いだろう」

「知らない人に、この家の中をうろうろされるのは不快です」

「そんな我が儘を言ってる場合かよ」

「嫌なものは嫌なんです。……どうせなら、あなたがいい」

「はあ？」

「あなたなら、五百川さんの知り合いで信頼も置けるし、この家の価値もよくわかってくれているから安心していられます」

「ちょっ、ちょっと待て……。まさか俺にボディガードをしろっていうのか？」

なにを言い出すんだ、こいつ、と言わんばかりの十和田の表情に、佑樹は一瞬ひるみかけた。

が、ここで引いたら後はないと気力を振り絞って、「いえ、そこまでは望みません」と、首を横に振った。

「泥棒が来るかどうかもわからないわけですし……。ただ、あれが泥棒の下見じゃなかったと安心できるまで、この家で暮らして欲しいだけなんです」

「君とふたりで？」

「はい。……あれ以来、夜ひとりでいるのが、ちょっと怖いんです。以前は平気だった風の音が耳について、眠れなくなることもあるぐらいで……。同じ屋根の下に誰かいると感じられるだけでも、きっと安心できると思うんです。——お願いです。どうか僕を助けてください」

お願いします、ともう一度言って深々と頭を下げる。

顔を上げると、十和田は腕組みをして真剣に悩んでいるようだった。

「その話、食事つきか？」

「もちろん！　あなたの好きなものを、なんでも作りますよ。ああ、それから、キッチンにバストイレの水回りだけはリフォームして現代風にしてあるので、生活に不自由は感じないと思います」

「う～ん、それは魅力的だな。気楽なひとり暮らしだから、一時的に引っ越すのは別に構わないんだが」

問題がふたつある、と十和田が指を二本立てる。

「なんでしょう？」

「ひとつは、夜遊びができなくなることだ。夜に家を開けたら同居してる意味がないしな」

「そうですね。……あの、なんだったら、僕がお相手しますけど？」

時期尚早だとは思いつつも、ちゃっかり申し出てみたのだが、十和田から「問題のふたつめは、それだ」と鼻先を人差し指で指された。

「その安売り発言をやめてくれ。俺を誘惑するな。自慢じゃないが、俺は節操がないんだ。いつまでも自制心が続くとは思うなよ」

「別に続かなくてもいいのに……」

「よくない！　俺を破滅させる気か？　とにかく、その安売り発言を止めるなら、引っ越してきてやる。で、期間はいつまでにする？」

「いつまででも」

ぺろっと本心を言うと、十和田は思いっきり眉をひそめた。

「庇《ひさし》を貸して母屋を取られるって諺《ことわざ》を知らないのか？　もうちょっと警戒心を持てよ」

「でも、十和田さんはそういうことはしないんでしょう？」

「五百川さんが怖いからな。……まあ、実際にやるとしても、母屋を取ったりはしないよ。この家は管理が大変そうだ」

「じゃあ、なにをするんですか？」

「美術品を一、二個ちょろまかす程度だ」

「でも、鍵がかかってますよ」

「どんな鍵でも専門家が時間をかければ開くもんさ。君が不在の時間帯にでも業者を呼んで、こう、カチャッとね」

十和田がクイッと鍵を捻《ひね》る仕草をする。

「美術品のひとつかふたつぐらいなら、盗まなくてもお礼に差し上げますけど？」

「だから、俺を誘惑するのを止めろって」

「これも誘惑になりますか？」

「なる。そんなこと言ってたら、ひとつやふたつだったのが、三つや四つになるぞ。――君は、本当にもっと色々自覚したほうがいいな」

「色々自覚……」

（まあ、実際に危ないことを言ってるんだろうけど……）

箱入りの世間知らずとはいえ、それぐらいの判断ならつく。

でも、十和田に側にいてもらえるのなら、本当になんだって差し出せるのだ。

警戒心がないとか自覚がないとかの問題じゃない。

今の自分は、所謂、恋は盲目という状態なのだろう。

遊ばれたって構わないとすら思えるようになったのだから、かなり重傷だ。

「とりあえず明日、五百川さんに話をしてくるよ」

「それは、ＯＫしてくれたってことでいいんですか？」

「俺はな。ただ、五百川さんが駄目だって言ったら、この話はそこで立ち消えだ」

「そんな」

「駄目なものは駄目だ。このラインは譲らないからな」

強い視線を向けられて、佑樹はなんとなく小さくなった。

「……わかりました」

（五百川さん、ＯＫしてくれるかな）

後でお願いの電話をかけておいたほうがよさそうだ。

（でも、十和田さんはもうＯＫなんだ）

それが、本当に嬉しい。

裏庭に侵入者があったのは事実だが、もしも泥棒だったらと思うと怖いと言ったのは、実は真っ赤な嘘だ。

警備会社も警察も、泥棒ではないだろうという判断だったし、佑樹自身、会話の内容は聞こえなかったものの、あのげらげら笑う柄の悪い声を聞いた感じでは、泥棒するための下見とは思えなかったのだ。

下見をする程の警戒心があるのなら、そもそもあんな風に大騒ぎしたりしないだろう。

あれは、あくまでも、たまたま悪戯心で侵入しただけだ。

そう思っているから、もちろん夜だってぐっすり眠れている。

なにもかもすべて、十和田をこの家に引き寄せるための作戦だったのだ。

(想像以上にうまくいった)

作戦を考えついたときは、十和田が自分に対して後が怖いと言ったとばかり思っていたから、成功率はかなり低いだろうと覚悟していたのに……。

(これがうまくいったら、毎日顔が見られる)

寝起きの顔や、スーツ以外の服を着ている姿だって見られるはずだ。

一緒に暮らせるようになったら、毎日十和田に喜んでもらえそうな料理を作ろう。

(お弁当とかも作ってみたいな)

蓋を開けたときに、思わず微笑んでもらえるよう、小ぶりのお重に美味しそうに彩りよく盛りつけて、迷惑でなければ部屋の掃除やお洗濯もしてあげたい。

佑樹は、まるで子供のように無邪気に幸せな想像を思いめぐらせる。

これは一時的な同居なんだから、一緒にいられる間に充分楽しまなきゃと自分に言いきかせながら……。

4

駄目だと言われるだろうと思ったのだ。

だから佑樹《ゆうき》にあっさり安請け合いしたのに、五百川《いおかわ》は、「できるなら、佑樹くんの願い通りにしてあげてください」と十和田《とわだ》の話にあっさりと頷いた。

「俺なんかにあの子を任せちゃっていいんですか？」

「はい。夜に眠れないぐらい怖がっているのなら、なんとかしてあげないとね。ただし、あの子は私の身内も同然ですから――」

「――遊びで手を出したら、どうなるかわかってますよね？　ですか？」

にっこりと、むっちゃいい笑顔になった五百川の言葉を、十和田が先取りして言ってみる。

「その通り」

信頼してますからねと、むっちゃいい笑顔で言われて、わかってますと頷《うなず》きながら、怖いなぁと十和田は笑顔をひきつらせた。

（五百川さんは一度身内と決めた人への情は半端ないからな）

大切な人のためならば、五百川が犯罪行為に手を染めることすら厭《いと》わないことを、すでに十和田は知っていた。

五百川との出会いは、ちょうど八年前に遡《さかのぼ》る。

そもそものことの起こりは、とんでもなく大きな複合企業の経営者が、その事業を思いっきり傾けた責任を取らないままでぽっくり死んでしまったことだった。

ここまで傾いたら自力再生は無理、被害を広げないためにも、早々に畳むか同業者に身売りするかしたほうがいいと進言する者達に、死んだ経営者の息子である鷹取聡一《たかとりそういち》は首を縦には振らなかった。

そして彼は、事業を立て直すために闇《やみ》に手を染めた。

再生のために必要な膨大な資金を、違法な取引などで手に入れる道を選んだのだ。

有能で冷静だった彼は、そのために必要な人材を、『情』で釣った。

金で釣れば、同じく金で釣り返される。

だが、情は替えが利くものではないからと……。

そして真っ先に釣り上げられたのが、五百川と十和田だったのだ。

五百川は、鷹取家の執事夫婦への恩情のため。

十和田は、鷹取家の庭師である祖父への愛情のため。

その職務を生き甲斐《がい》と言ってはばからない、彼らの生きる場所を守るために手を組んだ。

もちろん、その事実を彼らが知ることは一生ないだろう。

——自分が死んだら、その骨をひとかけら、あの庭の隅にでも埋めてくれ。

子供の頃から何度も聞いた祖父の口癖だ。

そこまで愛した庭が主の手を離れて他人に売られ、自らの手を離れていく。

高齢の祖父がそんな悲しい目に遭うことを望まない十和田は、鷹取聡一に協力することにしたのだ。

五百川も似たようなものだと言っていたが、鷹取の執事夫妻は五百川にとって知人に過ぎない。自らの手を犯罪に染めるのはリスクが大きすぎるのではないかと十和田は思い、そうはっきり指摘したこともあるのだが、五百川は笑って答えた。

『他人でも、身内も同然の人達です。それに、娘と孫の命の恩人でもあるんですよ。彼らの生き甲斐を守るためなら、私はなんだってやれます』

迷いのない言葉だった。

裏ルートでのマネーゲームで大金を手に入れる計画を十和田が立て、そのための初期費用を鷹取が用立て、幅広い人脈と豊富な経験を持つ五百川が主導してそれを実行した。

手に入れた大金を表に出せる金に洗浄するのは、五百川の個人的な信奉者で部下でもある江藤《えとう》。そして、それらの後ろ暗い作業の隠れ蓑《みの》として作られたダミー会社の社長として鷹取聡一が用意したのは、彼の後輩であり現在のフリースタイルの社長である流生《るい》だ。

計画は思ったよりも順調に進み、当初の予定よりもずっと早く、二年ほどで終了した。

後ろ暗い仕事から解放された十和田の元に残ったのは、多額の成功報酬と、祖父の生き甲斐を守れたという満足感、そして『なんでもひとつだけ望みを叶《かな》えてやる』という鷹取聡一の口約束だった。

（あの人が、なんでもって言うからには、本当になんでも叶うんだろうな）

金、家、車、宝石、そして名誉。

有形無形に拘《かか》わらず、なんでも叶えてしまいそうな不気味な実行力が鷹取聡一にはある。

だが、とりあえず金もあることだし、ほとぼりが冷めるまでのしばらくの間は少しのんびりしようと思っていた矢先、またしても鷹取聡一から連絡が入った。

ダミー会社の社長をしていた流生が、今度は本当に起業することになったから、それに協力してやる気はないかと……。

十和田の目には、当時の流生が、鷹取聡一の言葉通りに動く、従順で大人《おとな》しめな美人に見えていた。

なかなか好みのタイプだったので、その話に飛びついたのだ。

もっと流生とお近づきになれるだろうし、うまく個人的に食い込めば会社の利益の一部を、自らの懐に収めるシステムを構築することもできるかもしれないと……。

ひらひらと楽しく生きていきたい十和田にとって、それらすべてがゲーム感覚だったと言えるだろう。

だが、ゲームははじまらなかった。

流生との最初の顔合わせの席に、五百川や江藤も同席していたからだ。

話を聞くと、ふたりとも鷹取聡一に流生を手伝わないかと打診されたようだった。

『流生さんは危なっかしいところがありますからね。どうも放っておけなくて』

身内みたいな感覚なんですよと、むっちゃいい笑顔で五百川が笑う。

かくして十和田はゲームを諦《あきら》めて大人しく会社経営に参加し、やがて諦めて正解だったと胸を撫《な》で下ろすことになった。

鷹取聡一の前では従順で大人しそうに見えた流生だが、実は猫を被《かぶ》っていただけだとわかってきたからだ。

能天気な社員達を好んで雇い入れ、彼らと楽しそうに明るく笑って仕事をしている姿は、それなりに微笑《ほほえ》ましくはあるが、十和田の好みではない。

もっとこう、物静かに微笑む従順な美人がいい。

(佑樹くんは、かなり理想に近いんだよな)

ぷいっと横を向いたのが緊張故《ゆえ》だと言うのならば、その物慣れなさは可愛《かわい》いばかりだ。

たまにちょっと間の抜けたことをするのもやはり可愛い。

(それでも、自重しないと)

五百川の手前、本人がいくらいいと言っても、手を出すわけにはいかない。

遊びたいなどと佑樹は言っているが、あれは一時的な好奇心のなせるわざで、実際に遊んだりしたらいずれ後悔することになるだろう。

（というか、俺は後悔して欲しいのか）

佑樹が一時の気紛れで遊べるような人であって欲しくない。

遊び人を自認している自分が言えたことではないが、貞操観念がしっかりしているほうが好みだからだ。

とはいえ、佑樹が好みのタイプであればあるほど、一緒に暮らすのが苦行になってくるわけだが……。

（五百川さんは止めてくれると思ったんだけどなぁ。当分、夜遊びはお預けか）

あの場で直接佑樹に断るより、五百川ルートで同居の話を潰《つぶ》してもらったほうが手っ取り早いと考えたのだが間違いだったようだ。

（仕方ない。なるべく佑樹くんには興味を持たないようにしよう）

君子危うきに近寄らず。

そのほうが身のためだと十和田は思った。

一時的なものだから、自分の車に積める程度の荷物だけ持って引っ越しをした。

「どこでも、お好きな部屋を幾つでも使ってください」

迎え入れてくれた佑樹は、広い家の中を楽しげに案内してくれる。

「畳の間がお嫌だったら、応接間として使っている洋間があります。そこを自室になさってくださってても大丈夫ですよ」

お布団で寝るのが嫌だったらベッドもご用意しますしと、至れり尽くせりのもてなしように十和田は思わず苦笑してしまう。

「いや、畳の間がいいよ。実家を出てからは畳の部屋とは縁がなかったからな。久しぶりで懐かしい感じがする」

「では、二階の部屋はどうですか？　窓から見下ろす庭もいいものですよ」

妙に楽しげな佑樹に連れ回された結果、十和田は一階の部屋の中でも佑樹の私室に近い二部屋を借りることにした。

万が一にも侵入者があった際、そのほうが都合がいいだろうと思ったからだ。

そうやってはじまった新しい生活は、佑樹がなにくれとなく面倒を見てくれるので実に快適だった。

翌朝目覚めて、純和風の温かな食事が用意されているのにうっかり感動し、車庫までわざわざ見送りに来てくれた佑樹にお弁当まで手渡されて、さすがに戸惑った。

「今日はありがたく受け取るが、明日からはいらない。営業中に外出先で食べることがほとんどだからさ」

「そうなんですか……」

佑樹が、なで肩の肩を更に落として露骨にがっかりするものだから、これには苦笑した。

「外出中のランチ先のひとつに、緑陰庵《りょくいんあん》が入ってるのを忘れたのか」

「あ、そうか！　そうでしたよね」

思いつかなかった、と口元に指先を当て恥ずかしそうに呟《つぶや》く。

「あの……それでは、ご来店をお待ちしています」

行ってらっしゃいと和服姿の佑樹に小さく手を振られて、十和田は妙にくすぐったい気分で出勤した。


「で、どんな調子ですか？」

引っ越してからちょうど一週間経《た》った頃、五百川に聞かれた。

「至れり尽くせりで困ってますよ」

「おや、あの子は鬱陶《うっとう》しがられてるのかな？」

「その逆です。快適で居心地がよすぎて、いずれひとり暮らしに戻ったときに苦労しそうだと思ってるところです」

「ああ、なるほどね。……あの子は、細かなところに気がつく、いい子ですからね」

たまに抜けてるけどなと、十和田は内心で苦笑しつつ、つけ加える。

だが、細かなところに気が利くのは事実だ。

もしもお嫌じゃなかったら、お留守の間にお部屋を掃除しておきますが？　と聞かれて、特に嫌じゃなかった十和田が頷くと、その日からこまめに掃除してくれるようになった。

そのついでのように庭で切ったものらしい花を、さりげなく一輪挿しに飾っていってくれたりもする。

クリーニングには出さないような服の類《たぐい》も、ついでだからと洗ってくれるし、リネン類は言わずもがなだ。

佑樹の作る料理は、味だけじゃなく栄養バランスもいいためか、まだ一週間しか経っていないというのに明らかに身体《からだ》の調子もいい。

まあ、これは深夜まで及ぶ夜遊びをしなくなったせいもあるのかもしれないが……。

「五百川さん、佑樹くんの父親ってどうしてるんです？」

毎朝佑樹がご飯とお茶を上げる仏壇には、母親の写真が飾られているだけで、父親のそれはない。

死んでいるのか、それとも離婚なのか、ちょっと気になっていたのだ。

「佑樹くんに直接聞けばいいでしょう」

「聞いてもいいものですかね。地雷だったりしません？」

「地雷と言えば地雷ですが……。まあ、君には話すでしょう」

聞いてあげてください、と頼まれて、はあと曖昧《あいまい》に頷く。

（本人に聞きたくないから、こっちに聞いたんだけどな）

これ以上、心理的な面で佑樹に近づきたくないのだ。

地雷のある話題に触れて、うっかりそれを佑樹本人の口から話させてしまったら、もうそれだけで佑樹から見た自分への親密度はアップするだろう。

ついでに言えば、個人的な事情を知ることで、ついうっかり自分の中にある佑樹に対する情が嵩上《かさあ》げされてしまう危険もある。

聞かないほうが無難だろうと十和田は思った。

「それで、夜中の侵入者は現れましたか？」

「いえ、静かなもんです。……でも、ひとつ気になることがあったんですよ」

三日前の帰宅時、ガレージに車を停《と》めて出てきたところで、十和田は二十歳そこそこの見知らぬ青年に、「なあ、ちょっと」とふてぶてしい調子で声をかけられたのだ。

無礼な声がけに、十和田は返答をしなかった。

眉《まゆ》をひそめ、不快感を表しながら強い視線を向けると、青年は「ちょっと道を聞きたいんスけど……」といきなり日和《ひよ》った。

「悪いが、ここら辺の地理には詳しくないんだ」

「あんた、この屋敷の人じゃねぇんだ」

なんだそっか……と、青年は妙に安堵《あんど》している。

（なんだ、こいつ……）

奇妙に思った十和田は、青年を改めて観察した。

金髪に近い程に色を抜いた髪に、大きめのシルバーアクセサリー、街をうろついている柄の悪い青年の見本のようだ。

「思うに、佑樹くんが聞いたという深夜の侵入者達って、ちょうどあんな感じだったんじゃないかと……。まあ、偶然かもしれないですが」

「それで、その青年はそのまま去ったんですか？」

「はい。ただ念の為《ため》に、自分が最近あの屋敷の住人になったんだってことを伝えておきました」

緑陰庵のお年寄り達から聞いた話では、広大な屋敷に佑樹がひとり暮らししていることは、その近所では有名な話らしい。

万が一にも、その青年が侵入者のひとりだったとしたら、屋敷の住人がふたりに増えたことを知れば、ちょっとした抑止力となるのではないかと思ったのだ。

「それでいいと思います。――その金髪の青年、二十歳前後だったんですね？」

「はい。ちょっと釣り目がちで、小顔で、まあ今時のイケてる感じの子でした」

「佑樹くんにその話はしましたか？」

「いいえ、無駄に怖がらせるだけだと思ったので」

「いい判断だと思います。……でも、ちょっと気になりますね」

今後もなにか気になることがあったら、すべて報告してくださいねと五百川が言う。

「君が同居してくれていてよかったですよ」

「一時的な同居ですけどね」

それを忘れてもらっちゃ困ると、十和田はつけ加えた。


自室にするのは畳の間がいいと自分で言っておきながら、自室で畳の感触を堪能したのはほんの二日程度のものだった。

（……寒い）

十和田は大学卒業と同時に家を出てからというもの、都会的なマンションでのひとり暮らしを堪能してきた。

耐熱耐寒に優れた現代建築でずっと暮らしてきたせいか、耐寒には問題のある古い日本家屋での暮らしは少しばかり厳しいものがあったのだ。

部屋には佑樹が用意してくれた暖房器具があったが、それでは床から忍び寄ってくる冷気にはどうしても太刀打《たちう》ちできない。

こたつよりはマシだろうと、仕方なく人生初のホットカーペットを導入することにした。ホットカーペットの電源をオンにし、佑樹が貸してくれた膝《ひざ》掛けを使用することで、なんとか快適な生活を送れるようになってほっとしているところだ。

（佑樹くんは平気なんだよなぁ）

ずっとこの家で暮らしているから自分は馴《な》れていると、裸足《はだし》でぺたぺたと畳の上を歩いていたりもする。

見ただけで震えが走る姿だ。

（ずっとこの屋敷でひとりか……）

実際に暮らしてみて寒さの次に強く感じるのは、この屋敷の静かさだ。

窓を開けると微《かす》かに車の音がするが、それよりも木々の間を抜けていく風の音のほうが強く聞こえる。

（ここは、人工の音が足りない）

マンションで暮らしていると、窓越しに上下左右の部屋の物音や振動が伝わってくることがある。

そうでなくとも、壁一枚へだてた場所に、誰か人間が暮らしているのだという実感がある。

だが、ここにはそれがない。

他人の気配を感じることは一切なく、そして本当に誰もいないのだ。

いるのは本当に自分ひとりだけ、佑樹はそんな状態で長年ここで暮らしている。

本人は、静けさにも寒さにも馴れていますからと静かに微笑むが、本当に馴れるものだろうか？

なにかの拍子に、叫び出したいほどの孤独に襲われることはないのか？

（俺は、ひとりは駄目だったけどなぁ）

ごくたまに、ひとりきりで夜を過ごすことが無性に寂《さび》しくなるときがある。

だからといって、特定のパートナーは必要ないから、その場その場で寂しさを紛らわす相手を捜してきた。

お腹《なか》が空いたら食事をするような、そんな感覚だ。

（あれは、もしかしたら、そういうことだったのかもな）

僕と遊んでくださいと唐突に言い出した佑樹。

最初は好奇心なのだろうと思っていたが、そうではなく、寂しさ故に一時的にでもいいから誰かに側にいて欲しかっただけなのではないだろうか？

同居するようになって以来、佑樹は最初の約束を守って、十和田を誘惑するような発言を一切していない。

ただ毎日、本当にとても楽しそうだ。

以前は不健康なぐらいに白かった頬《ほお》も、ここ最近はいつもうっすら赤みが差しているし、どんなときでもその口元には楽しそうな微笑みが浮かんでいる。

家の中に、自分以外の人間が暮らすようになったことで寂しさが半減し、ほっとしているのではないだろうか。

寂しさを紛らわすという目的のために、誘惑という手段を選んだのならば、応じなくて正解だったのだろう。

（本人も満足そうだし、これでよかったんだな）

ちょっとだけ残念な気もするが……。

十和田がそんなことを考えていると、襖《ふすま》の向こうから佑樹がこちらに歩いてくる気配がした。

「十和田さん、よろしいですか？」

「ああ、どうぞ」

返事をすると、静かに襖が開いて、廊下に膝をついた佑樹の姿が見えた。

「常連さん達が京都旅行のお土産《みやげ》にって八つ橋をくださったんです。十和田さんもいかがですか？」

「いいね、いただこう。——佑樹くんも一緒にどうだい？」

ふと思いついて聞いてみると、佑樹は「ありがとうございます」とそれは嬉《うれ》しそうに微笑んだ。

★

大きめの湯飲みふたつにお茶を淹《い》れ、八つ橋がのった皿と一緒にお盆に載せて運んだ。

そうして佑樹が十和田の部屋に戻ると、十和田は机の上に広げていた書類や本をまとめて、脇《わき》へと寄せた。

「お仕事中だったんですか？」

お邪魔してしまったのかなと心配で聞くと、十和田は「いや」とオーバーアクション気味に肩を竦《すく》めた。

この家の寒さは堪えると愚痴る十和田は、襟元をきっちり締めたシャツの上からざっくり編まれたセーターを着て、更にダウンのベストを羽織っている。ジーンズの上には、佑樹が用意してあげた膝掛けがしっかりかかっていた。

普段、気障《きざ》にスーツを着こなしている十和田からすれば、あまり他人に見られたくない姿かもしれないが、家庭的で気安い感じがするからこれはこれで佑樹は好きだ。

「次になんの資格を取るか検討中だ」

「いいのありました？」

「ああ。ちょっと前に流行《はや》った野菜ソムリエが面白そうだと思ってたところなんだ」

「野菜ソムリエ……。それ、僕もちょっと興味あります」

「見てみるか？」

とりあえずなんでもいいから資格を取るのが趣味だという十和田は、プリントアウトしてきたらしい書類を佑樹に見せた。

一緒に暮らすようになって、一番驚いたことがこの趣味だった。

きっかけは、経営コンサルタントとしての箔《はく》をつけるために、税理士、ファイナンシャル・プランナー等の資格を複数取ったことらしい。

試験に合格するという達成感がちょっと楽しかったとかで、それ以来、ちょこちょこといろんな資格や免許を手に入れているのだとか。

今まで取った資格は、気象予報士に船舶免許、宅地建物取引主任者に食品衛生責任者と節操なく手広い。

「養成講座を受講して、最後に試験を受けるってスタイルなんだが、都合のいいことに通信制もあるんだ」

「自宅で受講して、試験だけ受けに行くってことですね。それなら僕でも受けられそうです」

机の真ん中に置いた書類をふたりで頭をつき合わせるようにして見る。

（……楽しい）

一緒に暮らすようになって一週間、佑樹はほぼ緊張することなく十和田と向かい合えるようになっていた。

そのお陰で、以前のように不自然にそっぽを向いたり、妙に突っかかった口調で話したりすることもなくなり、気さくに話しかけてくる十和田に普通に応対することもできている。

毎日が楽しくて、とても幸せだった。

「よし、じゃあふたり分申し込んでおくからな」

話が決まり書類を片づけ、十和田がおやつに手を伸ばした。

「嬉しいね。八つ橋なんて久しぶりだ」

「お好きならよかった」

ふたりで同じおやつを食べて、お茶を飲む。

ただそれだけのことが、本当に楽しい。

（母さんが死んで以来、ずっとひとりだったたから……）

この広い屋敷をひとりで管理することにためらいがなかったわけじゃない。

実際の話、母親の病名を知って覚悟を決めたときは、ひとりではこんなに広い屋敷を管理するのは大変だから、そのときがきたら処分するなり人に貸すなりして、自分はもっとこぢんまりした住処《すみか》に移動しようとさえ思っていたのだ。

だが、母親の死後、この屋敷を維持管理できるシステムを、生前の彼女が佑樹のために完璧に構築していたことを知って、出て行きそびれてしまった。

彼女は、自分にこの屋敷を引き継いで欲しいと望んでいたのだろうと思ったから……。

生前の彼女と最後に会話したのは、ホスピスへと向かう日のこと。

——佑ちゃん、私の留守中、緑陰庵をお願いね？

そう言われて、佑樹は条件反射的に頷いた。

頷いた後で、困惑したものだ。

彼女が、この屋敷にもう一度帰ってきて、緑陰庵で働くことはあるのだろうかと……。

実際に彼女は帰って来なかったし、その後二度と佑樹と会おうともしなかった。

そして佑樹は、撤回されないままだった母親のお願い通りに、今も緑陰庵を維持し続けている。

今の自分は、緑陰庵とこの屋敷を維持するためだけに生きているみたいだと思うことがある。

愛した夫を取り戻そうとし続けた母親は、親子三人、仲良くこの屋敷で暮らすことを夢みていた。

その夢の中に取り残され、閉じこめられてしまっているようだと……。

「佑樹くん？」

ふと自分の考えにはまりこみぼうっとしてしまっていた佑樹に、十和田が怪訝《けげん》そうに声をかけた。

「どうした？　なにか気にかかることでもあったのか？」

心配そうに気遣ってくれる声がとても嬉しい。

佑樹は、もうちょっとだけ心配してもらいたくなった。

「今日、緑陰庵のほうに電話があったんです」

「誰から？」

「その……僕の弟だと名乗る人からです。――困ったことになったから、ちょっと金を貸してくれって」

助けてくれというわりには、どこかふて腐れたような声だった。

弟から直接電話が来ることなど決して有り得ないと思っていたから、佑樹はそれを世間で言うところのオレオレ詐欺《さぎ》だと判断して、そのまま ろくに用件も聞かずに切った。再び電話がかかってくることはなかったから、あれはやっぱりオレオレ詐欺だったんだろう。

もう終わった話だが、これは十和田に心配してもらうには最高のネタだった。

「弟がいるのか？」

「会ったことはないんですけど、異母兄弟がひとり……。たぶん、いま大学生ぐらいだと思います。直接会って話をしたいと言われました」

「で、なんて返事を？」

「本人だと確信が持てなかったので、忙しいからと言って断りました。それでよかったんでしょうか？」

「ああ、上出来だ。会ったことがないんなら、本人か確定もできないしな。万が一、電話で本人確認ができる情報を与えられたとしても、絶対にひとりで会いには行くなよ。俺が一緒に行ってやるから」

「はい。ありがとうございます」

思った通りの言葉が戻ってきたのが嬉しくて、佑樹は素直に頷く。

そして、もうひとついいネタがあったのを思い出して、もうちょっとだけと言葉を続けた。

「それと、僕は見ていないんですが、常連さん達が緑陰庵の駐車場の所で、柄の悪い若者達を見かけたって言ってました。煙草《たばこ》をポイ捨てするのを注意したら、凄《すご》まれたって……」

ごくたまに、近所の家に遊びにくる人達が緑陰庵の駐車場を無断利用することがある。

道理を知っているご近所さんは断りもなしに近江家の敷地に車を停めたりしないし、来客にもそんなことはさせない。たいていの場合、停めていくのは常識がない人達なので、トラブルに巻き込まれないよう直接声をかけることはせず、警備会社の人に頼むようにしている。

今回の若者もたぶんそんな感じなんだろうが、タイミング的にはぴったりなので、話のネ夕になってもらうことにしたのだ。

「凄まれただけか？　手を出されたりしてないだろうな」

「それは大丈夫だったみたいです」

「それならよかった」

「はい。もしものことがあるといけないから、以前から、駐車場でなにかあっても直接声をかけたりせず僕に知らせてくれるように頼んでたんですけど、みんな、なかなか聞いてくれなくて……」

常連のお年寄り達は、佑樹のことを子供の頃から知っていて、佑ちゃんと呼んで可愛がってくれている。

今でも佑樹を子供扱いする人もいて、なにかあったら俺が守ってやっからよと言ってくれるのだが、佑樹としてはそんな元気すぎるお年寄り達が逆に心配でたまらなかった。

「今の若い子達は手加減ってやつを知らないからな。逆ギレされると怖いから下手《へた》に注意しないようにって、次に緑陰庵に行ったときに俺からもみんなに忠告しとくよ」

「そうしてくれると助かります」

（嬉しい）

同じ心配を共有してくれて、気遣ってくれるだなんて……。

お願いしてただ一緒にいてもらっているだけの関係でも、以前より確実に心の距離が近くなっているような気がする。

(錯覚じゃありませんように……)

佑樹は穏やかな微笑みを口元に浮かべたまま、心の中でそっと祈った。

と、突然、「ったく、しょうがないか」と十和田が愚痴るように呟く。

「え？　あの……なにが？」

「いや、こっちのことだ。——具体的な事情を話してくれないか？」

「はい？」

「だから、その異母兄弟とやらができた経緯を教えて欲しいんだ。万が一、その電話をかけてきた相手が本物だったときのために……。事情を知らなきゃ、俺としては助言も対処もできないからな」

十和田はなぜか急に怒ったような顔になっている。

ついさっきまでは普通だったのに、どうして急にそんなことになっているのかが佑樹にはわからず、戸惑いながら口を開いた。

「僕の父のこと、五百川さんか常連さん達から聞いてますか？」

「いや。母親が八年前に癌《がん》で亡くなったって話しか聞いてないな」

「そっか……。みんな、僕に気を遣ってくれてるんですね」

実は……、と佑樹は両親の離婚の事情を話しはじめた。

家を出た後、母親との離婚が成立しなかったために正式な夫婦にはなれなかったものの、父親はもうひとつの家庭を得て、息子がひとり生まれていたことも……。

弟がいることを佑樹が知ったのは母親の死後、五百川から聞いた話では、彼女は最後まで父親にもうひとつの家庭があることを認めようとはしなかったのだそうだ。

最初のうち佑樹は、十和田はなんだか不機嫌そうだったし、聞いて楽しい話でもないだろうから、そんな事情を簡潔に説明するつもりでいた。

だが気がついたら、事細かに延々と話し続けている自分がいた。

ホスピスに向かう日の母親の最後の賭《かけ》や、その後、最後の最後まで面会を断られ続けたことも……。

話を聞き終わった十和田は、更に不機嫌そうな顔になっていた。

「遺産相続はどうなってるんだ？」

「それはすべて僕が……。母は、父が戻って来てくれない場合はなにひとつ渡したくないと言っていたようです」

「だが、法的に守られている遺留分があるはずだな。配偶者の場合、遺産の半分を受け取る権利が認められている」

「それに関しては、父が自分から放棄してくれたんです。戻ってきてくれない夫には、なにひとつ残したくない。そのためになら、たとえどんな手段を使っても構わないって、母が弁護士さんに言っていたみたいで……」

その旨を弁護士から直接聞いた父親は、あっさり財産相続の権利を放棄した。

それは元々、自分には必要のないものだからと……。

財産家の一人娘の婿《むこ》養子になったことで、周囲からあれこれ言われていたことに随分と辟《へき》易《えき》していたせいか、元妻の最後の意志を尊重してあげようとしてくれたのか、それとも、たとえ死した後であっても彼女の執念深さを恐れたのか……。

もうずっと疎遠にしたままなので、父親の真意はわからないままだ。

ただひとつ父親のことでわかるのは、彼が自分に対して、親子の情愛というものを最後まで感じることはなかっただろうということぐらいだ。

（五百川さんや、常連客のみんながいてくれるから別にいいけど……）

自分には、心配してくれる父親代わりや、祖父母代わりが沢山《たくさん》いる。

佑樹は、そのことを幸せだと思っている。

だから、もうそれで充分だ。

「どんな手段でもって、いったいなにを計画してたんだ？　自分が死んだ後に、他人の手を汚させようっていうのか？　――ったく、たいした自己愛だな」

十和田が不機嫌そうに言う。

言われている意味がわからず、佑樹が首を傾げて言外にそれを伝えると、十和田は「悪かった」と急に謝った。

「君の母親を悪く言った」

「自己愛って……母のことですか？　でも母は、父を愛していたんですよ」

愛しすぎていたが故に、ここまで追い込まれたのではないだろうか？

「俺にはそうは思えないな。君の母親が愛していたのは、幸せだった頃の自分だろう。いや、幸せだった頃の自分に執着していたのかな」

「幸せだった頃の……」

彼女が一番幸せだったのはいつだろう？

親戚《しんせき》の人達から聞いた話では、佑樹を身ごもった頃にはもう夫婦の関係はギクシャクしたものになっていたらしい。

父親はこの家での暮らしに馴染まなかったようだし、最後まで結婚に反対していた今は亡き祖母と同居だった新婚時代も手放しで幸せだったとは思えない。

となると、やはり恋人時代ということになるのか。

それも、まだ父親が社会に出て働きはじめる前、いつも一緒に行動できた大学時代にまで遡《さかのぼ》るのかもしれない。

——親子三人でまた仲良く暮らしましょうね。

彼女はよくそんな風に言っていた。

だが、親子三人幸せだった時代があったとは思えないし、佑樹にはその記憶はない。

(母さんの夢だったのかもしれない)

恋人と結婚し、子供を作り、三人で幸せに暮らす。

幸せだった恋人時代に見た、そんな未来の夢。

(やっぱり僕は、母さんの夢の中に置いていかれたのか)

死の病に冒された彼女が最後に見た夢は、きっと夫の愛を取り戻すこと。

夫の愛を取り戻し、奇跡が起きて病気も治り、この屋敷に戻って親子三人で仲良く暮らす。

そんな彼女が描いた未来の夢の中に必要な要素として、自分はここに確保され続けていたのかもしれない。

「大丈夫か？」

黙り込んで、ひとり物思いに耽《ふけ》っていた佑樹に、十和田が気遣うように声をかけた。

「あ、はい。……ほんの少しだけ、ほっとしてました」

静かに微笑む佑樹に、十和田は「どういう意味で？」と怪訝そうに眉をひそめる。

「母が、最後まで僕に会いたがらなかった理由がわかったような気がしたんです」

未来の夢に破れた彼女は、幸せだった過去の夢を見るようになったのかもしれない。

恋人とふたり、幸せだった頃の夢。

悲しいけれど、そこにはまだ子供は存在しない。

「一番幸せだった頃の夢を見ながら逝ったのなら、それでいいかなって……」

周囲のすべてを拒絶し、孤独のうちに逝ったのだとずっと思っていた。

だが、過去の幸せな夢に耽溺《たんでき》するために、現実のすべてを拒絶したのならば、彼女はある意味ではきっと幸せだったのだろう。

それが逃避であり、そして狂気であったのだとしても……。

母親の死後に会ったホスピスの職員は、最後の頃の彼女はいつもぼんやり窓から空を眺めていたと言っていた。

その口元には、いつもほんのり微笑みが浮かんでいたとも。

なぜ微笑んでいたのか、その理由が、やっとわかったような気がする。

「君は、自分がないがしろにされたことに腹が立たないのか?」

「別に……。怒ったところで意味がないし」

生前の母親は、いつもどこか焦点が合わない目をして、おっとり微笑んでいた。

今になって思うに、きっとあの頃から、その心の半分は夢の世界で生きていたのだろう。

佑樹は、そのことをなんとなく感じていたように思う。

自分が、世間一般の人々が言うような意味では、母親に愛されていないということも……。

それでも佑樹は母親を愛していたし、彼女が絶望の中で逝ったのではないのかもしれないという可能性を嬉しいと感じている。

自分がないがしろにされていたのだという事実に無理に目を向けて、わざわざ悲しい気持ちになりたいとも思わない。

そんな風に、佑樹がたどたどしく自分の気持ちを説明すると、十和田は「理解不能だ」とますます不愉快そうな顔になる。

「いや、理解はできるか。だが、共感はできないな」

「……すみません」

なんとなく謝ってしまったが、佑樹の唇には微笑みが浮かんでいた。

この人は今、ないがしろにされていた自分のために、不愉快になってくれているのだ。

こんなに嬉しいことはない。

「でも、ちょっとだけ……。時間を無駄にしちゃったことは、もったいなかったかなとは思います」

「どういう意味だ？」

「緑陰庵を頼むと母に言われて、その言葉にずっと従ってきてしまったから……」

母親がホスピスに入所した当時、佑樹は大学生だった。

大学に通いながら緑陰庵を続けることはできなかったから仕方なく休学し、母親の死後にけっきょく中退してしまった。

「それ以来、ほとんど緑陰庵と母屋の往復ばかりで毎日過ごしてたんです」

出掛けるとしても、近所の商店止まりだ。

「友達と遊んだりは？」

「そういうのは、あまり……」

今になって思うに、家で働くようになったのが大学時代だったのが悪かった。

平日は日中からの集まりには顔は出せないし、翌日も仕事があるから深夜に至る遊びにもつき合えない。

何度か断るうちに誘いが来なくなり、こちらからも連絡を取らなくなっていた。

年に何度か緑陰庵に顔を出してくれる友達はいるが、それ以外とは年賀状のやり取りをする程度だ。

「自分の家の敷地内からほとんど出てないのなら、それも一種の引きこもりだな」

「やっぱり、そう思います？」

自覚があっただけに耳が痛い。

「でも、今から外に出ると言っても、なんだか怖《お》じ気《け》づいちゃうんですよね」

最初の一歩を踏み出す勇気ときっかけが欲しい。

そんな甘えたことを考えてないで、思い切って出掛けてみればいいのだろうが、それがなかなか……。

「あ、でも、さっきの野菜ソムリエの資格試験って、外に受けに行くんですよね？」

いいきっかけになるかも、と呟くと、どんだけ先だよと突っ込まれた。

「ったく……。行きたい所があるなら、今度の休みにでも俺が連れてってやるよ」

「え、いいんですか？」

「ああ。どこに行きたい？　言ってみろ」

（どうしよう）

ふたりで出掛けるなんて、まるでデートみたいだ。

そう思った途端、ぽうっと顔が熱くなった。

だが、肝心の行きたい所が思い浮かばない。

う〜んと考え抜いた挙げ句に佑樹は言った。

「十和田さんがよく行くお店に行きたいです」

「なんの店だ？」

「だから……その、夜遊びに行く店ですよ」

「まさか、ゲイバーに行きたいとか言い出すんじゃないだろうな」

「あ、はい。それでお願いします」

「……本気かよ」

「もちろんです」

佑樹は深く頷いた。

この同居は一時的なものでしかない。

同居が解消された後、十和田が変わらず緑陰庵に通ってくれれば会うことはできるだろうが、こちらから会いに行く方法が今はなにもないのだ。

行きつけの店さえわかっていれば、十和田に会える可能性は増えるだろう。

それに、ちょっとだけ十和田が生きている世界を見てみたい。

佑樹は、「是非《ぜひ》お願いします」と頭を下げた。

が、その途端、ふとまずいことに思い当たる。

「あ、でも、着ていく服がなかったっけ」

「ゲイバーにはドレスコードなんかないぞ」

「そういう意味じゃなく、本当にないんです。あるのは、いま着てる服みたいなのばかりで……」

仕事を終えて母屋に帰ると、佑樹はいつも洋服に着替える。

いま着ているのは白いシャツに黒のスラックス、そして濃紺のカーディガンという実に地味で保守的な服だ。

死んだ母親は佑樹がジーンズなどのラフな服を着ることを好まなかったので、子供の頃からこの手の服ばかり。大人になって外出しなくなってからは、適当に似たような服をネットで探して買っていた。

そんな風だから、今の流行りとかがよくわからない。

「こんなんじゃ浮きますよね？」

「ちょっと浮くかな」

「じゃあ、和服では？」

和服だけは、母の生前からの出入り業者が年に二回勝手に押しかけてくるので、かなり豊富に持っているのだが。

「もっと浮くだろ」

呆《あき》れたように言われて、しゅんとなる。

「そうですか……。お店に連れてってもらう前に、洋服の勉強からはじめますね」

「だから、どんだけ先になるんだって！」

あーもう、と十和田は苛々《いらいら》したように癖毛の髪を軽く掻《か》きむしった。

「わかった。そっから面倒を見てやる」

「あ、じゃあ、そのついでに……」

「なんだよ」

「美容院とかも紹介してもらえませんか？」

「まさか、その髪、自分で切ってるとか言うんじゃないだろうな」

「そのまさかです」

佑樹が生真面目に頷くと、十和田は苛々を突き抜けてしまったのか、「どんだけ自分に構ってないんだよ」といきなり小さく笑った。

「元がいいから、手を抜いててもちゃんとして見えるんだろうな」

「ちゃんとしてるように見えます？」

「ああ、いかにもな良家のご子息様って感じだ」

佑樹の出《い》で立ちは、仕草が美しいせいもあって、地味だが上質な服を上品に着こなしているように見えるらしい。

「そうなんですか……。これなんて、ネットで二千円もしなかったんですけどね」

佑樹がシャツの襟を引っ張ると、ぶっちゃけすぎだとオーバーアクション気味に肩を竦めて十和田が笑う。

（よかった。機嫌なおったみたい）

眉間に皺を寄せる表情は渋くて格好いいけど、やっぱり気障に笑っている顔のほうが素敵だと思う。

（こんな日々がずっと続けばいいのに……）

そう願わずにはいられなかった。

5

「どんな風にしたらいいと思いますか？」

佑樹から鏡越しに聞かれて、十和田は思わず苦笑した。

土曜日、約束通り佑樹を外に連れ出すことにした十和田は、まず佑樹を行きつけの美容院へと案内してみたのだ。

「好きにすればいいだろ？」

「その好きなのがわからないんですよね」

困ったなと鏡の中の佑樹が本気で悩んでいる。

（ったく、無頓着《むとんちゃく》だな）

男であれ女であれ、普通は自分を少しでもよく見せようと心がけるものだが、佑樹はそういうことに気が回らないようだ。

髪はとりあえず見苦しくなければＯＫで、服は綺麗《きれい》に洗濯してアイロンがかかっていれば大丈夫、その程度の認識らしい。

こんなに無頓着にしていても充分に綺麗なのだから、もっと意識して自分を磨けば、どれほどに輝くことか……。

（……別に、磨いてやることもないか）

個人的な意見を言わせてもらえれば、どこか控えめな美貌《びぼう》のほうが好みだから、磨いて目立ってしまわないほうがいい。

だから十和田は、自分の望むままに意見してみた。

「自分で切って不揃《ふぞろ》いなところを、軽く揃える程度でいいんじゃないか？　短くすると、仕事中の髪の毛の処理が面倒臭くなりそうだしな」

「ああ、それもそうですね。中途半端な長さだと結べないし……。――この人の言ったようにしてください」

鏡越しに美容師に向かってそのまま頼み、その後、普通のハサミで切ると髪が傷むから自分で髪を切っては駄目だと美容師に叱《しか》られて、ちょっと小さくなっている。

自分は客の立場なのだから、もっと偉そうにしていてもバチは当たらないと思うのだが……。

（可愛いもんだ）

緑陰庵でだけ会っていた頃は、よくぷいっと顔をそらされていたから、控えめに見えて実は気が強いのだろうと思っていた。

だが、一緒に暮らすようになって、それが勘違いだとわかった。

気が強いどころかむしろ逆、従順で子供のように素直だ。

しかも妙に生真面目《きまじめ》で、そして不器用でもある。

十和田の目から見た佑樹には、危なっかしくてついうっかり手を貸したくなってしまうような魅力があった。

（あんまり深く知りたくなかったんだけどな）

家庭の事情なんか聞かないほうがいいとわかっていたのに、つい我慢できずに自分から聞いてしまった。

悩み事を目の前にして、どうしようかなと困ってぐるぐる考え込んで迷っている佑樹を見ると、頼まれてもいないのについ自分からこっちだと声をかけてしまう。

そんなのは十和田の柄じゃない。

佑樹と拘わっていると、どうも調子が狂う。

ついでに言うと、佑樹のほうもそうらしい。

そう思うのは、以前、ぷいっと顔をそらされたり、露骨に避けられたりしていた頃、緑陰庵の常連客達から、いつもはあんな感じじゃないのよ、ごめんなさいね、と陰で謝られていたせいだ。

あの態度は、十和田だけの特典だったわけだ。

後に佑樹は、あの態度は十和田がゲイだと知って過剰に意識していただけだと説明したが、ここ最近の態度を見るにつれ、どうもそれだけじゃないような気がしていた。

(ゲイだからっていうんじゃなく、あの子は俺を意識してたんじゃないか?)

僕と遊んでくださいと唐突に言い出したことだって、それなら納得がいく。

ここ最近でわかってきた佑樹の性格上、好奇心やただ寂しいからといった理由だけでは、あんなことを言い出さないような気がするのだ。

となると、あれは、本気でなくてもいいから僕と遊んでくださいという捨て身の求愛だったということになる。

(……手を出さなくてよかった)

遊び人を自認している十和田だが、本気の相手を弄《もてあそ》ぶような遊び方はしない。お互いに遊びだと割り切れる相手にしか手を出さない主義なのだ。

(佑樹くんの不安が解消されたら、なるべく早く同居を解消しよう)

同居の際の約束を守ってくれているようで、今のところ佑樹の口から誘惑するような言葉は出ていない。

だが、もしも自分のこの勘が当たっていたら、この先どう変わるかわからない。

以前誘われたときはギリギリ理性を保てたが、佑樹を可愛いと思いはじめているだけに次は拒む自信がない。

佑樹の保護者的存在の五百川が怖いから、なるべくその手の事態は避けたいのだが……。

★

「どれを選んでいいかわかりません」

十和田に連れて行かれたショップで、ずらりと並ぶ服の列に佑樹は途方にくれていた。揃える程度に切ってもらった髪は、その後、念入りにワックスでセットされて、あちこち跳ねたり、頭の上のほうが妙に盛り上がったりしている。

佑樹にとっては奇妙にしか思えないスタイルだ。

「隠遁《いんとん》生活に入る前は、どうやって服を選んでたんだ？」

（隠遁生活って……）

当たらずとも遠からずなので反論のしようがない。

「以前は、その……母が用意してくれていたので……」

呆れたようにオーバーアクション気味に肩を竦める十和田が口を開くより先に、「変なのはわかってます」と佑樹は慌てて言った。

「友達にも色々言われてましたし、変だって自覚もしてました。わかってて、受け入れてたんです」

「母親のご機嫌を取るためにか？」

「いいえ。母が少しでも心穏やかに暮らせるようにです」

佑樹の言葉に、十和田は一瞬言葉に詰まった。

「十和田さん？」

「……いや、君の母親は結婚には失敗しても、子供には恵まれていたんだな。――その幸運を、本人が自覚していたならいいんだが」

今度は佑樹が言葉に詰まる番だった。

あの頃、佑樹が母親の幸福を一番に考えて行動していたことを彼女は知らなかった。

いや、そうするのが当然だと思っていたようだ。

佑樹はそれでもいいと思っていた。

それは間違いだと佑樹を思って説得してくれる人もいたけれど、気持ちを理解して労《いたわ》ってくれる人はいなかった。

（どうしよう……凄く嬉しい）

胸のあたりがきゅうっと苦しくなって、佑樹は思わず胸に指先を当てて俯《うつむ》いた。

（やっぱり好き。……本当に凄く好き）

外見への一目惚《ぼ》れからはじまった恋が、内面を知るにつれて更に深まっていく。

好きで好きで好きで、行き場のない思いが胸をじりじりと焦がして苦しいぐらいだ。

（母さんは、これに負けたのかな）

この苦しさから逃れるために、夢の世界に逃避することを覚えたのだろうか？

でも、幸せだった過去も、夢みる未来もない自分は、この先どうすればいいのか。

なにもわからなくて、佑樹は途方にくれた。


「佑樹くんの財力なら、ここからそこまでを全部、って真似《まね》をやれるんじゃないか？」

などとからかいながらも、洋服は十和田がすべて選んでくれた。

「やっぱり上品めな服のほうが似合うだろうな」

ひょいっと迷うことなく服のかかったハンガーを手に取り、佑樹の胸に当ててから決めていく。

どうせなら普段着もまとめて買おうという話になっていたので、選び終わった頃にはけっこうな量になっていた。

「買う前に試着する？」

「これ、全部をですか？」

佑樹が途方にくれて服の山を指差すと、十和田は苦笑した。

「……まあいいか。絶対に似合うから俺を信用してくれよ」

「はい。そこは疑ってませんから」

迷うことなく頷くと、「そう？」と十和田が眉を上げてニッと笑う。

ちょっと不穏な匂いのする笑みだなと思っていると、「じゃあ、これに着替えて」と服を一山渡された。

計画では、ほぼいつもの格好の佑樹がここで新しい服に着替えて、そのまま今日のメインイベントのゲイバーに向かうという話になっていたのだ。

「黒のスーツですか……」

軽く光沢のある生地ではあったが、同素材の黒くて細いネクタイも一緒だったのでまるで喪服みたいだなと思いつつ、受け取って試着室に入った。

だが着てみると、どうも勝手が違う。

シャツは辛うじて淡いグレーの普通のものだったが、スーツの上着丈はやけに短いし、パンツの股上が妙に短い。大きなバックルのついたベルトをしなければストンと落ちてしまいそうで怖いぐらいだ。

(最近の服って、なんでこうウエストラインが下なんだろう？　落ち着かないな)

モゾモゾしながら試着室のカーテンを開けると、「やっぱりそうなったか」と十和田がぷっと笑う。

「僕の着方、間違ってますか？」

「ちょっとね。……このスーツは崩して着るんだよ。ちょっと顎《あご》上げて」

クッと上げた途端、十和田の手が、ネクタイに伸びてきてどきっとした。

「え？　あの……ネクタイしちゃいけなかったんですか？」

「そうじゃないよ」

クッと結び目を引っ張ってネクタイを緩めると、今度はシャツの襟元のボタンを上から三つまで外してしまう。

「うん、これぐらいのほうがいい。――だよね？」

十和田が振り返ると、「はい、お綺麗だからとてもお似合いです」と店員が頷く。

「イメージとして目指したのは、初々しい新人ホストってところだね」

「ホスト？　でも僕、茶髪とかじゃないですけど」

「黒髪ロン毛のホストだっているさ。――で、後は首にこれをつけて完成」

十和田の腕が伸びてきて首にネックレスらしきものをつけられた。

（……くすぐったい）

長い後ろ髪と首の間に手を入れて、金具を止めてくれている十和田の手が、妙にくすぐったい。

「これは俺からのプレゼントだから」

耳元に微かな呼気を感じて、佑樹は思わず真っ赤になった。

「こういうの一個も持ってないだろう」

「はい。あの……ありがとうございます」

遠慮したほうがいいんじゃないかという気もしたが、十和田からプレゼントを貰《もら》えるなんて、これが最初で最後かもしれないと思うともったいなさすぎて拒めなかった。

（これ、宝物にしよう）

「あ、ありがとうございます。……でも、あの、ネクタイをしてるのに、ネックレスもするのって変じゃないんですか？」

「このほうがさまになるんだよ。――はい、完成」

黒のラインストーンが連なり中央に小さなシルバーのチャームがついたネックレスは、存在感があってけっこう目立つ。

鏡に映った自分の姿を見て、思わず溜《た》め息が出た。

（だらしない）

着崩《くず》したシャツとネクタイというスタイルは、佑樹の目には格好よくは映らない。

だが振り返ると、十和田も店員も満足そうに微笑んでいるものだから、基本素直な佑樹はこういうものなのかとすんなり認めてしまう。

（十和田さんが選んでくれたんだから、変なわけないし……）

だから大丈夫。

オドオドせず自信を持って堂々としていよう。

最後に先の尖《とが》ったピカピカの靴を履いて、これで本当に完成だった。

残った服を自宅に配送してもらう手続きをしてから、コートを羽織って外に出た。

「コートだけはちゃんとしたのを持ってたんだな」

「これは去年、五百川さんにいただいたんです。これを着て、ちょっとは外に出てみなさいって……。結局、外出できるようになるまで一年もかかってしまいました。全部、十和田さんのお陰です」

ありがとうございますとお礼を言って見上げると、十和田はちょっと困ったように眉をひそめた。

「その外出先がゲイバーだってことは、五百川さんには内緒だぞ。知られたら、君に悪い遊びを教えたって怒られる」

「わかってます。普通にショッピングをして、目についた普通のバーに入ってみたってことにしておきます」

「わざわざ『普通のバー』だなんて言うことないだろう。逆に疑われるぞ」

「あ、そうですね。わかりました」

気をつけます、と佑樹は生真面目に頷く。

(内緒だって……)

お目付役の五百川を相手に、ふたりで内緒事を共有できた。

一歩前進したかなと佑樹は幸せな気分で考えた。

連れて行ってもらったゲイバーは、予想よりずっと落ち着いた高級感溢《あふ》れる店だった。

予約をしてくれていたようで、入店するとすぐに一番奥のテーブル席へと案内される。

（テレビで見る普通の高級バーみたいだ）

ただしここにいるのは男性のみ、いるかもしれないなと漠然と予想していた女装した男性の姿もない。

不躾《ぶしつけ》にならない程度に店内を眺め、カウンター席に座るカップルらしき男性の片方が相手のお尻《しり》を撫でているのが目に入って、思わず真っ赤になってテーブルに視線を向けた。

「どうした？」

「あ、いえ……その、お尻を撫でている人を見つけたものですから……」

「まあ、それぐらいは大目に見てやってくれよ。これでもここは、ゲイバーの中でも比較的ランクの高い店なんだ。敷居が高いから、すぐに絡んでくるような質《たち》の悪い奴らは入ってこられない」

「絡むって？」

「あ〜、だから、いきなり抱きついて身体《からだ》を触ったり、露骨に誘ってきたりするような奴らのことだ」

「ああ、はい。わかりました」

「その点、この店は最初からカップルの客が多い。まあ、デートに最適って感じかな」

「デート……ですか」

自分達は違うのだとわかっていても、その言葉に反応して妙にどきどきした。

料理も美味《おい》しい店だとかで夕食代わりに軽くつまめそうなものを三品と、十和田はウイスキーのロックを、佑樹は十和田と同じ銘柄のウイスキーをソーダで割ったものを注文した。

注文の品が届き、ふたりで乾杯。

ふんわりと薫香が漂うウイスキーは、口当たりがよく飲みやすかった。

「ここまで連れてきておいてなんだけど、佑樹くんってゲイなのかな？」

「はい？」

「いや、だから、そこら辺をちゃんと確認してなかったからさ。ただの好奇心だけだったら、さすがにこういうディープな店に連れて来ちゃまずかったかなと心配になったんだ。……まあ、今さらだが」

「ああ、そういうことならご心配なく。僕は、確かにそうなんだと思います。と言っても、自覚したのは、つい最近なんですが……」

元々女性にはあまり興味がなく、ゲイだとカミングアウトしている十和田が目の前に現れたことで、自分もそうなのではないかと感じはじめたのだと、十和田には説明した。

十和田に一目惚れしたことではじめて気づいただなんて、言えっこないからだ。

「そうか。俺と会わなきゃ気づかずにすんだってことか……。責任感じるなぁ。五百川さんに叱られるかもしれない」

「そんなことないですよ。元はと言えば、緑陰庵に十和田さんを同行してきたのは五百川さんなんですから」

「となると、責任感じなきゃならないのは五百川さんか」

「そうなりますね。——あ、でも、責任なんて誰も感じることないですよ。僕はむしろ感謝してますから」

「新しい世界の扉が開いたから？」

「まあ、そうですね」

佑樹にとっての新しい世界の扉、それは恋だ。

やたらと焦ったり、自己嫌悪に陥ったり、泣きたくなったりもするけれど、それ以上に恋した相手である十和田といると幸せで楽しい。

こんなに楽しい気分になれたのは、生まれてはじめてだと確信を持って言えるほど……。

最初から、この恋が叶わないことは覚悟している。

そのことで苦しむこともあるかもしれないけれど、今は、このはじめての恋をただ楽しむつもりになっていた。

「母が作り上げた世界の中で変わらない毎日を過ごしてきた僕にとって、これは悪い変化じゃないと思うんです」

少なくとも、十和田とこうして一緒に過ごすことで、得たものはある。

母親の見舞いもできず、死に目にも会えなかったことに対する罪悪感みたいなものは消えたし、彼女の人生の終焉《しゅうえん》が孤独に充《み》ち満ちた苦しいものではなかったのだろうと思えるようにもなった。

「それならいいけどさ」

「はい。――でも、これからのことを、もっとよく考えなきゃいけないのかなとは思ってます。僕は、自分自身のことをあまりにも構わなすぎてきたから……」

「髪型も服も自分では選べなかったし？」

「そうですね」

佑樹は苦笑した。

「母に頼まれたからと、惰性でずるずると緑陰庵を続けてきたこともそうです。僕は今まで、母が作った世界から外に出ようとはしなかった。二十代も半ばを過ぎているのに、なにひとつ自慢できるものもないし……」

「料理の腕は自慢してもいいんじゃないか。それに、緑陰庵だって自慢できる店だろう？」

「いえ。あそこは、母が作った店ですから……。料理だって自己流みたいなものだから、あまり自信が持てないし……」

「俺が美味《うま》いって言ったぐらいじゃ駄目だったか」

「あ、いえ！　それは凄く嬉しいんです。でも、お祖母《ばあ》さまの味に似ているから、美味しく感じるんですよね？」

それは、プロの料理人として認められるのとは別物のような気がする。

「まあ、確かにそうだが……。でも、そうでなくても、佑樹くんの料理は間違いなく美味いよ。それは、今まで美味いものを色々食ってきた俺が保証する」

「ありがとうございます」

優しい言葉に胸がジンと温かくなる。

佑樹は胸が詰まって、珍しく真剣な表情をしている十和田を見つめていられなくなった。

手の中で弄んでいたグラスに視線を映して、ゆっくりと飲む。

冷たいウイスキーが、温かくなった胸のあたりを滑り落ちて行くのがわかる。

妙にくすぐったい感触だった。

「それと、緑陰庵のことだけどな。常連客のお年寄り達から、なにも聞いてないのか？」

「なにをですか？」

「君の母親がやってた頃とは、あの店が随分と様変わりしてるって話だ」

「え？　でも、できるだけ、なにも変えないようにしてるつもりなんですが」

「それは君の側の話だろう。でも、客側からすると違うみたいだぞ」

「どういう風に？」

「君の代になってから、店に来るのが楽しくなったんだそうだ」

十和田が聞いた話によると、そもそも昔から訪れている常連客達が緑陰庵に通うようになったのは、佑樹の母親に『皆さま、どうぞお揃いでおいでくださいませ』とお上品に誘われたからなのだそうだ。

お屋敷のお嬢さんのお誘いを断るわけにはいかないと、義理堅くも仕方なく通うようになったが、上品すぎる接客にそりゃもう居心地の悪い思いをしていたのだとか。

だが、佑樹が店主になってからは、居心地がいいからと自ら進んで店に通うようになっているらしい。

「あの店、接客トラブルとか一切ないだろう？」

「はい。皆さん、いい方達ばかりですから」

「そうなるように、みんなで意識しておかしな客が来ないように自衛してるらしい。佑樹くんのためというよりも、自分達の居心地のいい場所を守るためにな」

「そうだったんですか……」

知らなかった、と呆然《ぼうぜん》として呟く佑樹を眺めて、十和田は気障に微笑んだ。

「君が自分の力であの店に新しい息吹を吹き込んだようなものだ。もっと誇っていい。――まあ、経営コンサルタントの立場から言わせてもらえれば、完全持ち出しの赤字経営だってところは誉《ほ》められたものじゃないがな」

ふざけた口調で偉そうにつけ加えた十和田に、佑樹はふふっと笑った。

「やっぱりそうですか」

「ああ。だがまあ、それで生活に困るわけでもないなら大目に見てやるよ」

「はい。どうもありがとうございます」

微笑んだまま、ふざけて軽く頭を下げる。

(そうか……。緑陰庵は、いつの間にか僕の店になってたのか)

その事実が、じんわりと嬉しい。

(十和田さんは凄いな)

十和田が目の前に現れてから、佑樹の世界は次々に変わっていく。

いや、変わっているのではなくて、周囲を覆っていた沢山の見えない壁が、ひとつひとつ取り払われて視界が開けていっているようだ。

この恋をしたことで最終的に苦しむことになったとしても、この人を好きになったことだけは後悔しない。

佑樹が、そんなことを考えていると。

「久しぶり、繁之《しげゆき》」

と、佑樹の背後から、十和田に話しかける声がした。

その声の主を見た十和田が、不愉快げに眉をひそめる。

「他に相手がいるときは声をかけないルールだろ？」

「わかってるって。俺も今日は相手がいるし。——こんばんは」

「こんばんは」

自分に声をかけられたのだと悟って振り返ると、そこにはスーツ姿の小綺麗な青年がいた。

「うわっ、やっぱすっごい美人。——繁之、あのさ。俺の相手がこっちの彼に興味津々なんだよね。提案なんだけど、今晩四人でどう？　それが駄目なら交換でもいいし」

（交換？）

どういう意味だろうとわけがわからない佑樹が悩んでいる間に、「しない。余所《よそ》を当たれ」と十和田が強い口調で拒否する。

「残念、またね」

青年はあっさり諦めて、自分のテーブルに帰って行く。

「悪いな」

と、十和田に謝られても、佑樹はまだわけがわかっていなかった。

「今のって、どういう意味なんでしょう？」

「いや、わからなかったのならいいんだ」

忘れてくれと、十和田がそりゃもう気まずそうに言う。

その気まずそうな顔を見て、やっと佑樹は理解した。

「——あっ」

(そうか、そういうこと)

佑樹は、驚きのあまり、指先を唇に当てた。

ここがカップルが多く訪れる店だというのならば、相手というのは恋人か、それに相当する人物のことだ。

さっきの青年から見た自分達は、きっとそういう関係に見えていたのだろう。そして……。

(四人？　交換？)

気づいた事実は、優しい世界の中で半ば引きこもり状態で生きていた佑樹には、あまりにも刺激が強すぎた。

その短いやり取りの中に、自分の存在も拘わっていたこともまたショックだった。

ザッと全身から血の気が引いていく。

ふらっと身体が傾《かし》ぎそうになるのを堪《こら》えるのが精一杯だ。

「どうした？　気分が悪くなったか？」

「……す、少し」

なんとか取り繕おうと思うのに、口元に当てた手も声も震えていて自分では止められない。

「今日はもう帰ろう」

十和田に促されるまま、佑樹はよろよろと立ち上がった。

「すみません。お先にお風呂をいただきます」

タクシーで家に帰るとすぐに、佑樹は心配する十和田を振り切ってバスルームに逃げた。

お湯を溜めている間に、馴れないワックスでゴワゴワする髪を何度も洗う。

湯船に浸かって一息つくと、さっきのあのやり取りが再び甦《よみがえ》ってきた。

(きっとあの人って、十和田さんの遊び相手のひとりだ)

他に相手がいるときは声をかけるなと十和田は言っていた。

相手がいなければOKだということなんだろう。

そして、四人、交換――。

(十和田さんは、そういうことができる人なんだ)

遊び人だと人から言われ、自分でもそれを認めている。

それは最初からわかっていたことだ。

いや、わかっているつもりになっていただけだったのかもしれない。

佑樹は、箱入りで世間知らずだと人から言われ、自分でもそれを認めている。

普通の人よりずっと世間も狭い自分にわかることなど、たかが知れていたというのに……。

(僕じゃ駄目なんだ)

十和田にならば遊ばれてもいいと思う。

その気持ちは嘘《うそ》じゃない。

でも、他の人となると話は違う。

十和田以外の人に触られることを想像しただけで鳥肌が立つし、吐き気がする、気分も悪くなる。

だが十和田と遊ぶということは、その手の行為を許容することでもあるのだろう。

(絶対に嫌だ)

十和田のそういう遊びにはつき合えない。

複数でなんて、絶対に無理だ。

(なにを思い上がってたんだろう)

以前よりずっと親しくなって、心の距離も縮まったような気がすると喜んでいた自分が馬《ば》鹿《か》みたいだ。

どんなに近づいたところで、自分には十和田と同じ世界で遊ぶことはできない。

そこには、佑樹にはどうしても越えられない壁がある。

(僕は、十和田さんが好きなんだから……)

だから、他の人と遊ぶことなんてできない。

最初から、この恋が叶うことなんて望んでない。

せめて遊び相手になれればと思ったけど、それももう無理だとわかった。

「……諦めなきゃ」

小さく呟いたつもりだったのに、バスルームに反響して妙に大きく響いて聞こえる。

「これから、どうしたらいいんだろう?」

遊び相手になってもらうという望みが絶たれても、まだ恋は終わっていない。

十和田がどういう世界で遊んできたのか、その片鱗《へんりん》を理解しても、十和田への恋心はまだ胸の中に居座ったまま。

嫌いになんてなれないし、離れたいとも思わない。

好きだと思うこの気持ちを、消し去る術《すべ》を佑樹は知らない。

「どうしたら……いいんだろう?」

なにもわからない。

胸いっぱいに膨れあがった恋しい気持ちが重くて苦しい。

溢《あふ》れた苦しさが頬を伝っていく。

「どうしたら……?」

答えの出ない問いを意味もなく何度も呟く。

濡《ぬ》れた髪から伝い落ちる雫《しずく》と溢れた苦しみが混じり合って、湯船のお湯にぽたりと落ちる。

零れた雫は、大量のお湯に混ざって見えなくなる。

（この苦しさも、こんな風に薄まって感じられなくなればいいのに……）

佑樹は、ぼんやりとそんなことを思った。


お風呂から上がって寝間着に着替えた佑樹は、なんだか髪を乾かすのが面倒になってしまって、だらしないと思いつつもバスタオルで拭《ふ》きながら脱衣所を出るべくドアを開けた。

「やっと出てきたな」

と、いきなり目の前に十和田がいた。

どうやら、佑樹が出てくるのを待っていたらしい。

「あ……お風呂ですね。すみません、お待たせしちゃって」

どうぞと脇に避《よ》けようとしたら、ふと十和田の指先が頬に触れた。

「目が赤い。泣いてたのか？」

「あ、いえ、これは違います。あの……そう、シャンプーが目に入っちゃっただけです」

「そうか」

頷きながらも、十和田が納得していないのは確かだ。

（どうしよう）

十和田にとって、あれはきっと普通の日常の出来事のはず。

そんなどうでもいいようなことで、自分がショックを受けて泣いていただなんて知られたくない。

諦めなきゃと思っているのに、往生際悪くそんなことを考えている自分が嫌だ。

混乱して困っている佑樹に、「気分はよくなったか？」と十和田が普段よりずっと優しい調子で聞いてくる。

「はい。もう大丈夫です」

「そうか、じゃあ少し飲み直さないか？　ほとんどなにも食べずに来てしまったし、お腹も空いてるんじゃないか？」

「そうですね。ちょっとだけ……。なにかつまめるようなものを急いで準備してきますね」

「ああ、それはいいから」

急いでキッチンへ向かおうとする佑樹を、十和田が止めた。

「キッチンを適当に漁らせてもらって、俺の部屋のほうにもう準備してある。……暖房入れてなかったから、茶の間は寒くてさ」

「今度、茶の間にもホットカーペットを導入しましょうか？」

「できれば」

「わかりました。早急に」

気まずそうに言う十和田の態度がなんだか可愛くて、佑樹は気づくと微笑んでいた。

（さっきまで泣いていたのに……）

それなのに、こうして目の前に十和田がいてくれるだけで気持ちがふわっと浮き立つ。

恋故のそんな自分の単純さが、ちょっと滑稽《こっけい》に思えた。

連れだって十和田の部屋に行くと、テーブルの上には十和田が自分で持ち込んだウイスキーの他に、漬け物や乾き物などの酒のつまみとおぼしきもの、そしてふたり分のチャーハンがあった。

「これ……十和田さんが作ったんですか？」

「ああ、味は保証できないぞ」

言ってくれれば作ったのに……とは言えなかった。

十和田の気遣いを無駄にすることになってしまいそうだから……。

「ありがたくいただきます」

手を合わせてから、レンゲを手に取り、チャーハンを口に運ぶ。

「……美味しい」

卵とネギと豚バラで作ったシンプルなチャーハンは、ブラックペッパーがピリッと強く利いていてとても美味しい。

「十和田さん、料理できたんですね」

「いや、できるのは、これとパスタを茹《ゆ》でることぐらいだ」

十和田が佑樹用にウイスキーの水割りを作ってくれる。

「ありがとうございます」

ありがたくいただいて、チャーハンを食べつつ少しずつ飲む。

「我ながら、変な組み合わせだな」

十和田がオーバーアクション気味に肩を竦めて苦笑する。

その気障な笑みに胸が詰まって、佑樹は持っていたレンゲを皿に戻して俯いた。

「どうした？　具合でも悪くなったか？」

「いえ……そうじゃないんです」

俯いたままで首を横に振る。

大好きな仕草に胸がときめいてしまった自分が、なんだか酷《ひど》く切なく思えたのだ。

「あの……ごめんなさい。僕、部屋に帰ります」

洗い物なんかは出しておいてさえくれれば明日やっておきますからと言い置いて、慌てて立ち上がる。

これ以上ここにいたら、きっとまた泣いてしまう。

そんなの、十和田を困らせるだけだ。

「待て、佑樹」

俯いたまま急いで部屋を出ようとした佑樹の腕を、十和田が摑《つか》んで止めた。

「悪かった。あんな変な会話を聞かせてしまって……。俺が気持ち悪くなったか？」

「そんな……そんなこと、気持ち悪いなんてこと絶対にないです。それに、十和田さんは悪くない。僕がものを知らないのが悪いんですから……」

ゲイバーに連れて行って欲しいと言ったのは自分だ。

そこがどういう場所か、どんな会話が交わされているかをなにも考えず、ただ十和田が生きている世界を覗《のぞ》いてみたい一心で……。

「好奇心がすぎました。……あなたの生きる世界にショックを受けるだなんて、失礼な真似をしてごめんなさい」

佑樹にとっては受け入れられない会話だったけれど、十和田にとってはあれが日常なのだ。

否定されて気分がいい訳がない。

「遊んで欲しいだなんて前に言ったけど、あれも……失言……でした。あなたの遊び相手になるってことが、どういうことか僕には全然わかってなかった。できもしないことを言って、あなたを困らせたりして……本当に……ごめんなさい」

頬を涙が伝う。

顔を上げていられなくて、佑樹は俯いたままで謝った。

「そうじゃない。おまえが悪いんじゃない」

ぐいっと腕を引かれて、気がついたら佑樹は抱きすくめられていた。

「ああいう場所におまえを連れて行った俺が悪いんだ。おまえみたいに綺麗な子が、あの手の場所で男達から目をつけられないわけがないのにな。嫌な思いをさせた」

悪かった、と本当にすまなそうな声が耳元で聞こえる。

だが、佑樹は抱き締められたことにぼうっとしてしまって、ちゃんと聞いていなかった。

（……おまえ、って言った？）

佑樹、と呼び捨てにもされたような気がする。

どうしてか、そんなことが涙が出るほど嬉しい。

それに、力一杯誰かに抱き締めてもらうなんて、いつぶりだろう？

（もしかしたら、はじめてかも……）

父親とは疎遠だったし、母親はスキンシップをするような人ではなかった。

誰かと体温を感じる程の距離に近づいたこともない。

抱き締められた腕の中、佑樹はただじっとしていた。

ちょっとでも動くと、腕の力が弱まってしまいそうだったから……。

「佑樹」

名前を呼ばれて顔を上げ、こちらを見ている十和田と目があった。

飴色《あめいろ》の温かな色合いの瞳に見とれていると、ゆっくりと十和田の顔が近づいてきて、唇に唇が触れた。

ほんの一瞬の接触に驚いた佑樹は、十和田を感じた唇に、自分の指先で触れてみる。

「……キス？」

なんとなく現実のこととは思えなくて確認すると、十和田が頷いた。

「はじめて？」

「はい」

「この先も、もっとしてみたいか？」

「もっと……？」

してみたい、と思う。

十和田にもっと近づきたいし、もっと知りたい。

でも……。

「……でも、僕は、あなたの望むような遊び相手にはなれません」

この一線だけは、どうしても譲れない。

「だから、したくてもできないんです」

もしもこの誘いが、現実を知る前だったらきっと大喜びで頷いていた。

でも、知ってしまった今はもう頷けない。

できもしないのに頷くのは、十和田を騙《だま》すことにも繋がるから……。

自分の生真面目さと不器用さに佑樹は絶望する。

「僕、部屋に帰ります」

これ以上、十和田の腕の中にいても辛《つら》いばかりだと、その胸をそっと押し戻そうとしたのだが……。

「おまえには、奔放《ほんぽう》さなんて望んでない」

逆にぐいっと抱き締められて、距離がまた近づいた。

「今のおまえのままで充分だ」

それならどうだ？　と聞かれて、佑樹は弾かれたように顔を上げる。

「それでいいのなら、僕と遊んでください」

迷うこともなく、そんな言葉が口から零《こぼ》れた。

至近距離で見る澄んだ飴色の目の色に見とれながら「お願いします」とつけ加えると、「そこまで真剣にお願いされると、さすがに照れるな」と十和田は苦笑した。

「どうする？　もう少し酒でも飲んでからにしようか？」

そう聞かれたが、これから十和田とそういうことをするのだと思っただけで心臓の鼓動が早まって、なにも喉《のど》を通らなそうだったので今すぐにお願いしますと頼んでみた。

「それじゃあとりあえず布団を敷くか」

なんか間抜けだなと十和田は笑ったが、その必要はないと佑樹は告げた。

本来なら、今晩はほろ酔い気分で帰宅する予定だった。

きっと布団を敷くのが億劫《おっくう》になるに違いないと思ったから、出掛ける前に自分の寝具だけじゃなく、十和田のもあらかじめ敷いておいたのだ。

「そうだったのか？　気づかなかったな」

寝室としてだけ使っている部屋に繋がっている襖を開けた十和田は、用意周到だと本当に布団が敷いてあるのを見て苦笑する。

（そんなつもりじゃなかったんだけど……）

ただちょっと気を利かせてみただけだ。

緊張しすぎて、身体ががちがちだ。

なんとなく呂律《ろれつ》も回ってないみたいで、口を開くのも恥ずかしい。

「どうした？　もしかして怖じ気づいたのか？」

先に寝室に入って暖房のスイッチを入れた十和田が、苦笑しながら手を差し伸べてくる。

勇気を振り絞って前に出た佑樹は、後ろ手で襖を閉めてから、差し出された手にそっと手を重ねてみた。

「震えてる」

十和田が佑樹の指をきゅっと握った。

「は、はじめてなので……」

「うん、わかってる。……綺麗な指だな。細くて、しなやかで」

そっと手の甲にキスされて、全身がぶるっと見てわかる程に震えた。

「そう緊張するなよ。怖いことじゃないんだからさ」

「こ……わくて震えてるんじゃありません。ただ、その……そう！　これは武者震いです」

「さあ、やるぞってか？」

はははっと、明るい調子で十和田が笑う。

気障な雰囲気を感じさせない笑いも素敵だと佑樹は思う。

「じゃあ、さっそく。……ほら、おいで」

引き寄せられるまま、十和田の腕の中に抱きすくめられた。

そして、さっきと同じ触れるだけのキス。

「口あけて」

言われるままに唇を開くと、今度は深く口づけられた。

厚めの柔らかな唇が強く押し当てられ、すかさず入り込んできた舌に舌を搦《から》め捕られる。

舌同士を強く擦《こす》り合わせ、口腔《こうこう》内を探られて、ぞくぞくっとお尻のあたりから首筋まで甘い痺《しび》れが走った。

「……んふ」

我知らず甘い声が鼻から抜けて、力の抜けた膝がかくっと折れる。

「っと。刺激が強すぎたか」

佑樹の身体を支えて十和田が苦笑する。

「平気……です。もっとしてください」

佑樹は十和田の身体にしがみついて、自ら唇を開いて十和田を誘った。

「いい子だ」

再び与えられる甘いキス。

うっとりとその甘さに酔っていると、しゅるっと音がして和服の寝間着の帯が床に落ちた。

「あ……ま、待ってください」

寝間着を肩から落とされそうになって、佑樹は慌てて両手で前を押さえた。

「寒い？　部屋が温まるまで、もう少し待とうか？」

「いいえ、そうじゃなくて……。全部脱ぐのは、ちょっと、その……薄っぺらい身体をしてるので恥ずかしいです」

この期に及んで往生際が悪いとは自分でも思うが、恥ずかしいものは恥ずかしいのだ。

「俺は、その薄っぺらい感じが大好きなんだ」

見せてと、耳元で囁《ささや》かれ、寝間着の前を押さえていた手に十和田の手が重なる。

（み、見せなきゃ……）

遊び相手になりたいと願ったのは自分だ。

自分から言い出したのだから、この身体で十和田を楽しませてあげなきゃ駄目だろう。

恥ずかしさを堪えて、ぎゅっと握りしめていた寝間着を離して、両手で襟を摑んで前を開いて身体を見せた。

そのまま肩から落とそうとしたら、今度は十和田に止められた。

「羽織ったままでいい。どうせ、邪魔になって自然に脱ぐだろうから。中途半端に羽織ったままっていうのも、そそるしな」

そんなものなのかなと首を傾げた佑樹に、十和田はまた触れるだけのキスをする。

そして軽く屈《かが》むと、ちょうど心臓の上に当たる場所に音を立ててキスをした。

「あ……」

どくんっと、自分でもわかるほど鼓動が跳ねる。

直接心にキスされたような錯覚に、一気に身体が熱くなった。

かくっとまた膝が抜けた佑樹を、十和田は今度は支えなかった。

ただ倒れないように腕を添え、布団の上にその身体を横たえる。

「と……わださん、あの……」

覆い被さってきた十和田に、佑樹は緊張のあまり浅く早い呼吸をしながら話しかけた。

「ん？　この期に及んでお預けするつもりじゃないだろうな？」

「そんなことしません。ただ……その……先に謝っておこうかと思って……」

「なにを?」

「その……はじめてなので、うまくできないかもしれないから……。——がっかりさせるようなことになったら、ごめんなさい」

「がっかりなんてしないさ。こんなご馳走《ちそう》にあずかれるなんて、たぶん二度とないだろうからね」

「僕はご馳走なんですか?」

「もちろん。この上なく俺好みのご馳走だよ」

(……よかった)

その言葉に、佑樹は、心底ほっとして、小さく唇をほころばせた。

それを見た十和田の飴色の目が微かに細められる。

「うん、それでいい。変に緊張しないで、ただじっとして俺に食われていればいいから」

「はい、よろしくお願いします」

生真面目に頷くと、十和田は愉快そうに小さく笑った。

——どうか全部残さず食べてくださいね。

本当はそう言いたかったのだけれど、間近に迫ってくる笑顔に見とれている間に唇を奪われて言いそびれてしまっていた。

肌の感触を確かめるように大きな手で脇腹を撫で上げられ、浅く早い呼吸で激しく上下する胸にキスされて、またぞくぞくっと甘く全身が震える。

「ん……っ……ふ……んん」

十和田の唇と手が肌の上を移動していくたびに、勝手に唇から声が溢れてしまう。

唇から零れる自分の甘い声が恥ずかしい。

堪えるために指を噛《か》んだら、十和田からそっと手首を摑まれて止められた。

「綺麗な指に傷をつけるな。それと、その声もご馳走のうちだからな。ちゃんと食べさせてくれないと困る」

（そ、そうなんだ）

そういうことならと声を堪えるのは止《や》めたが、それでもやっぱり恥ずかしいのでどうしても自然に声は小さくなってしまう。

（このぐらいで大丈夫なのかな）

こんなときなのに、普通はどれぐらいの声を出すものなんだろうと、つい生真面目に考えてしまう。

だが、下着をはぎ取られると、さすがにそんな悠長なことを考えてはいられなくなった。

「や、まっ……待って。――……んっ」

やっぱり恥ずかしいとそこを手で隠すより先に、握り込まれて擦り上げられる。

自分のものとは違う大きな手の感覚に、そこは一気に昂《たか》ぶり、佑樹は全身を甘く震わせた。

「あっ……あ……駄目、だめです。……もっ」

こういうとき、早く果てるのが恥ずかしいってことぐらいは知っていた。

なんとか堪えようと思ったが、ただ出すためだけの通り一遍の自慰しかしてこなかったから、その術がわからない。

離してくださいと十和田に懇願するより先に、ぶるっと身体が大きく震えて十和田の手の中に出してしまう。

(は、恥ずかしい)

鮮烈な快感と猛烈な羞恥心《しゅうち》に、佑樹は全身を朱に染めて両手で顔を隠した。

「どうした？　照れちゃったか？」

十和田の面白がるような声に顔を隠したまま素直に頷く。

「そうか。初心《うぶ》で可愛いな」

(可愛い？)

呆れられているんじゃないかと思っていた佑樹が、そっと目を覆っていた手をずらすと、
十和田は大きめの唇をにんまりさせてそれは楽しげな顔をしていた。

「隠してないで、顔を見せてくれよ」

チュッと音を立てて顔を覆った手の甲にキスされて、おそるおそる手を外す。

「あの……次は僕がします」

「いや、今日はそこまで求めない。今みたいに、ただ素直に感じてるといい」

セーターごと中のシャツを抜いた十和田が、一気に上半身をさらけ出す。

露わになった上半身は、筋肉質で見事に引き締まっていた。

（……凄い）

薄っぺらな自分とは違う見事な胸板を下から見上げていた佑樹は、うっとりとその男らしい身体に見とれた。

その視線に気づいた十和田が、「なに？」とからかうように声をかける。

「な……んでもありません」

「そう？　俺の裸にそそられてくれたのかと思った」

「そ、そそられるって、そんなこと……」

日常の生活の中ではついぞ聞けない言葉に、佑樹は焦る。

「ないって？　残念だな。俺はおまえのこの身体に随分とそそられているのに……」

「僕に？」

「そうだよ。華奢《きゃしゃ》な骨格に、この白くて吸いつくみたいに滑《なめ》らかな肌。しかも、まだ無垢《むく》なんだから最高じゃないか」

「でも、面倒じゃないですか？」

覚悟を決めたつもりでも、ちょっとしたことですぐに狼狽《うろた》えるし、手順だってわかってないから、自ら協力してことを進めることもできない。

無垢と言えば聞こえはいいが、遊び相手としては面倒だし、物足りないのではないだろうか？

そう思って聞いたのだが、十和田は「まさか」と笑う。

「おまえの最初の男になれて嬉しいし、初心な反応もこっちとしては楽しいばかりだよ」

「それなら、よかった。あの……僕も、はじめての人が十和田さんでとても嬉しいです」

この先、きっと十和田以外の男に抱かれることはないだろう。

もしもこれで遊び相手として気に入ってもらえなければ、これが生涯ただ一度の経験になるかもしれない。

恥ずかしがってないで素直になろうと、佑樹は思い切って言ってみた。

「それと……あの……やっぱり、十和田さんの裸にそそられてます」

「そうか。それは光栄だな」

十和田は、飴色の目を細めて、照れて真っ赤になっている佑樹を見つめる。

楽しそうな笑みを浮かべた唇が、ゆっくり近づいてくる。

佑樹は自ら唇を開き、腕を伸ばして愛する人の身体を引き寄せた。

「いや……いやです」

恥ずかしがるのは止めようと思っていたけれど、さすがにそれを口で咥《くわ》えられるのは恥ずかしくて駄目だった。

「そんなこと、してくれなくてもいいですから……」

羞恥心から真っ赤になって必死で止めようとしたが、「初心で可愛いなぁ」と妙に楽しげな十和田に押し切られて、なし崩し的にされてしまう。

その結果、またしても佑樹はあっさり果ててしまって羞恥心から身体を朱に染めた。

だが行為が進むにつれて、恥ずかしがったり余計なことを考える余裕も徐々になくなってくる。

佑樹自身が気づかぬうちに、いつの間にか自然に寝間着も脱ぎ捨てていた。

（……気持ちいい）

甘いキスと、身体に触れる大きな手の動きがもたらすなんともいえない甘い疼《うず》きを、佑樹はうっとりと目を閉じて感じ取る。

さすがに十和田はこの手の遊びに長《た》けているだけあって、後ろを徐々に開いていく手順もスムーズで、佑樹はなんの不安もなくただ身体を預けていればよかった。

「……あ……いい」

俯《うつぶ》せでお尻を突き上げた姿勢のまま、ぐりっと内側を指で押し広げるようになぞられて、ごく自然に唇から甘い声が漏れる。

柔らかくほぐれた自分のそこが、勝手に収縮して十和田の指をぎゅうっと締めつける。もっと刺激して欲しくて、勝手に身体も揺れてしまう。

「佑樹」

名を呼ばれて目を開けると、十和田が顔を覗き込んできていた。

十和田からは、普段の気障な表情が消えている。

オスの匂いを感じさせる、その男臭い表情に佑樹はうっとりと見とれる。

「そろそろ、指じゃ足りないんじゃないか？」

（……足りない？）

どんな状態が足りているのか、そもそも佑樹にはわからない。

それでも十和田がどんな答えを求めているのかはわかるような気がして、こくんと頷いた。

「ん……、十和田さん、もっと……」

自ら身体を揺らして中に入った指の存在感を感じようとしたのに、十和田はするっとそれを引き抜いてしまう。

「あ……いやっ」

「大丈夫、もっといいものをやるよ」

そんな言葉と同時に自らのものを軽くしごいた十和田が、柔らかくなった佑樹のそこに、それをぐいっと押し当てる。

「……行くぞ、力抜いてろ」

佑樹が頷くと、先走りで濡れたそれがぐぐっと押し入ってきた。

「は……。あ……あ……十和田さん」

指とは比べものにならない大きさのものに、身体を押し広げられる圧迫感に、佑樹は思わずシーツをぎゅっと握った。

指では届かなかった場所までも一気に押し広げられ、微かな痛みを感じたが、それ以上に、耳元に感じる十和田の熱い呼気のほうが気にかかる。

「佑樹、大丈夫か?」

艶《つや》やかな甘い声で囁かれ、その響きに全身がぶるっと震えた。

「くっ……こら、そう締めつけるな」

「そんなこと……言われても……」

自分でも自分の身体がどうなっているのかわからない。

戸惑っていると、きゅっと前を握られて、またぶるっと身体が震えた。

「よし、いい子だ」

自分でもなにがなんだかわからないうちに誉められ、ご褒美のように肩口にキスをされる。

「動くぞ。辛かったら、そう言え」

そんな言葉と同時に、ゆっくりと馴染ませるように動き出す。

身体の内側でそれが動く度、えも言えない快感が全身に広がった。

「あ……んっ……んん」

「よさそうだな」

その動きに合わせるように、甘い声を漏らす佑樹の耳元で十和田が呟く。

佑樹は、その声にぞくっとして背中を震わせた。

「あ……あ……いい……」

やがて堪えきれないように激しく動き出した十和田に、佑樹は翻弄《ほんろう》された。

はじめてそこで感じる快感は、あまりにも鮮烈で理性を保つことができないほどだ。

甘い痺れで身体を支えていた腕の力が抜けて、十和田に掴まれたお尻だけを突き上げたまましーツに倒れ込む。

「前からのほうがいいか」

いったんそれを引き抜いた十和田が、佑樹の身体をひっくり返して、片足を担ぎ上げて前からまたぐいっと入れ直す。

「あっ……やっ！」

後ろからだと当たらなかったところを、熱いものが強く擦り上げていく。

その途端、ビクッと身体が震えて佑樹は知らぬ間に熱いものを放ってしまっていた。

「こっちからのほうがよかったみたいだな」

ふふっと耳元で十和田が笑う。

その声にぞくぞくっと身体が反応して、たまらず佑樹は十和田の身体にしがみついた。

「や……も、お……かしくなる」

「いいぞ、おかしくなっちまえ」

十和田は楽しげにそう言うと、また激しく動き出した。

「あっ……ふっ……十和田さん……ん」

自分の上で激しく動く男に、佑樹はただ夢中でしがみつく。

自分の身体の中にあるそれが、十和田のものなのだと思っただけで感じる。

「……ん……あ……いい……」

(こんな喜びがあるなんて……)

ただ恋する人の側にいられる、じんわりと温かな喜びとはまた違う。

肌から染みてくる喜びは、ダイレクトに熱を呼び覚まし、佑樹を忘我の境地に運んでいく。

汗で濡れた肌と肌が、触れ合い擦れる。

ただそれだけのことでも、そこからなんともいえない甘い痺れが波紋のように全身に広がっていく。

「あっ……十和田さん……もっと……」

きもちいい、と吐息混じりで告げた声は、いいぞと告げる十和田の唇に吸い込まれる。

（……覚えていよう）

肌で感じる愛する人の感覚と、この喜びを。

たとえこれが遊びであっても、それでも充分に幸せだから……。

佑樹は広い背中に夢中で指を這わせ、その足に足を絡ませて、無我夢中で喜びを貪《むさぼ》った。


額《ひたい》にくすぐったさを感じてふと目覚めると、目の前に隣りで頬杖《ほおづえ》をついている十和田の顔があった。

「あ……」

「いいから、寝てろ」

起き上がろうとした身体を、優しい笑みを浮かべた十和田が押し戻す。

「この寝間着、十和田さんが？」

ちゃんと寝間着を着ていることが不思議で聞くと、十和田は頷いた。

「風邪引くと悪いからな。一応綺麗にしといたが、明日の朝、もう一度シャワーを浴びるといい」

「はい」

素直に頷くと、十和田は布団を肩まで引っ張り上げてふたりの身体にかけた。

「このまま一緒に寝てもいいんですか？」

「もちろん。一緒のほうが温かい」

抱き寄せられて、頬が十和田のパジャマの胸に当たる。

佑樹は目を閉じて、その胸に頬を擦りつけた。

「くすぐったいって。またその気になったらどうしてくれる」

「そんなの、嬉しいばかりです」

素直な気持ちを口にすると、「そうか」と十和田が穏やかに微笑む。

その表情に背中を押されるように、佑樹はもう一度口を開いた。

「僕は、ちゃんとできましたか？」

「なにを？」

「あなたの遊び相手として、ちゃんと役に立てたでしょうか？」

行為に夢中になってからの記憶がほとんど飛んでいて、いつ自分が眠ってしまったのかさえ覚えていない。

自分ばかりが気持ちよくなってしまったのではないかと、佑樹はちょっと不安だったのだ。

十和田は、そんな佑樹の問いに、ほんの一瞬だけ眉をひそめた。

だが、佑樹が怪訝に思うより先にその表情は消え失《う》せ、いつもの気障な笑みがその唇に浮かぶ。

「ああ、最高だったよ。またお願いしたいぐらいだ」

「よかった。ありがとうございます」

佑樹は、ほっと胸を撫で下ろした。

「俺のほうはどうだった？」

「とても素敵でした。だから、あの……もしよかったら、また声をかけてください。僕のほうはいつでも大丈夫なので……。——あ、もちろん五百川さんには内緒にしますから」

安心させるためにそうつけ加えると、「そうだな。内緒にしたほうがよさそうだ」と十和田は頷き、佑樹の髪を撫でた。

心地よいその手の感覚に、佑樹は胸に頬を寄せたまま、うっとりと目を閉じる。

「おやすみ」

「はい。おやすみなさい」

人の温《ぬく》もりを感じながら眠りに落ちる。

こんな贅沢な経験ははじめてだ。

佑樹のその顔に、ごく自然に幸福そうな笑みが浮かぶ。

念願かなって遊び相手にしてもらえたことが、嬉しくて嬉しくて仕方なかった。

6

「最近、変わったことはないですか？　佑樹くんとはちゃんと仲良くしてくれてますか？」

仕事中、五百川に聞かれて、十和田はもちろんと頷いた。

「ご心配なく、順調ですよ。例のオレオレ詐欺っぽい電話の件以来、妙なことは起きていませんしね」

「それはよかった。これからもよろしく頼みますよ」

「任せておいてください」

オーバーアクション気味にぽんと胸を叩いて請け負い、満足そうに五百川が去った後で、こっそり苦笑する。

(佑樹とは、そりゃあもう仲良くしてますよ)

あの夜から半月が経った今、十和田と佑樹は蜜月《みつげつ》とも言っていい日々を過ごしていた。

もちろん、佑樹の保護者的立場の五百川には内緒のままだ。

五百川に嘘をつく後ろめたさはあるが、それ以上に佑樹との蜜月は魅惑的だった。

きっと、生来の生真面目さ故のお堅さが、羞恥心を忘れさせてくれないのだろう。

何度身体を重ねても、佑樹は初心さを失わず、ふとした拍子に見せる恥じらいの表情がたまらない。

恥ずかしがりながらも、要求に従おうしてくれる従順さも愛《いと》しくてたまらない。

だが、いったん快感に夢中になってしまうと、その態度はがらりと変わる。

もっと欲しいと絡みついてくる、汗で濡れたしなやかな白い裸身の艶やかさ。

喜びにほころぶ唇から溢れた唾液《だえき》を舐《な》め取る淫蕩《いんとう》そうな薄い舌の動きや、誘いかけてくるように見つめてくる艶っぽい目線がたまらない。

はじめての夜から、佑樹は艶《なま》めかしいと言っても過言ではない表情を見せてくれていた。

（あれは、たぶん自覚してないだろうな）

夢中になった自分がどんな姿を晒《さら》しているかを本人が知ったら、そんなはしたない真似をしたなんてと恥ずかしがるに違いない。

そんな、普段の生真面目さとのギャップがまたいい。

今まで複数の男達と関係を結んできたが、精神面でも肉体面でも、佑樹ほど楽しませてくれる存在はいなかった。

肌が合うとでもいうのだろうか。

ことの最中、身体に絡んでくる華奢でしなやかな四肢や、あの吸いつくように滑らかな肌を肌で感じただけでも、理性を持っていかれそうな喜びを感じる。

佑樹さえいれば、もう他には誰もいらない。

そんな風に思えてしまうほど、あの存在を愛しいと思ってしまっている。

(この俺が、本気ではまるなんて)

ひらひらと楽しく気楽に生きていく。

それが十和田のポリシーだ。

だが、そのポリシーを掲げる裏には、誰にも、なににも縛られたくない、自由でいたいという強い思いがある。

だからこそ特定のパートナーは必要なかったし、恋愛事を避けてもいた。

そんな十和田のポリシーを、佑樹の存在はあっさり消し去ってしまった。

あの夜、ゲイバーで誘いをかけられた瞬間、十和田の胸をよぎったのは不快感と怒りだった。

——人のものに手を出すな。

そんな感情が胸に渦巻いたことに、十和田自身が驚いていた。

そもそもあの日、十和田は着飾らせた佑樹を、あの店で他の男達に見せびらかすつもりでいたのだ。

佑樹はまったく気づいていないようだったが、十和田の思惑通り、店内に入ると同時に佑樹は注目の的になっていた。

ホスト風の衣装を身に纏《まと》っても、品良く見える極上の美人を連れ歩ける優越感に、十和田は浸っていた。

それなのに、他の男が佑樹をそういう対象で見ているのだと実感したとき、たまらなく嫌な気分になった。

佑樹の具合が悪くならなかったとしても、それ以上佑樹を他の男の目に触れさせないように、きっとあの店を出ていただろう。

（あれが、独占欲っていう感情か）

所有したい、誰にも渡したくない。

そんな強い感情を自分が持っていることに驚き、そして観念した。

たとえ五百川の不興を買うことになっても、佑樹を手に入れて自分のものにしてしまおうと……。

遊びではなく本気ならば、きっと五百川も許してくれるのではないかという計算もあった。

それでもまだ、十和田は五百川にふたりの関係を打ち明けられずにいる。

十和田自身の気持ちは固まってはいるが、佑樹の本心がどうしても見えないのだ。

十和田のことを意識しているのは間違いないと思う。

だからこそ、あのゲイバーの一幕であれほどのショックを受けたのだろうし、複数でのプレイや相手の交換などに応じられない自分は十和田の遊び相手にはなれないとも言ったのだろう。

（つまりそれって、俺以外の奴には、抱かれたくないってことだろう）

その一言で十和田の独占欲に更に火がつき、最後の一線を越えるきっかけにもなった。

そして現在、ふたりは蜜月を謳歌《おうか》している。

十和田の傍らでいつも幸せそうに微笑んでいる佑樹は、今のふたりの関係を心から喜んでくれているように見える。

――遊び相手にしてもらえて本当に嬉しい。ありがとうございます。

そんな言葉をよく口走る。

（遊び相手でいいのか？）

そんな関係止まりで、佑樹は本当に満足なのだろうか？

意識されているのは間違いないし、好意を持たれているのも確かなことだろう。

だが、その好意がいったいどの程度のものなのかがわからない。

こちらからそれを聞くのもなんだかためらわれる。

（万が一、勘違いだったらみっともないしな）

はじめて出会った同類に対する親近感と、恋愛に対する好奇心、そしてひとり暮らしの孤独感から解放された喜び。

佑樹の十和田への好意が、そんないろんな感情が相まったものだという可能性もある。

その場合、ふたりの関係に本気の恋愛を持ち込むのはまずい。

そんなつもりはなかったのにと困惑されるのはみっともないし、自分から誘ってこの関係をはじめたのだから責任を持って愛さなければならないと、生真面目な佑樹から義務のように努力されるのは惨《みじ》めだ。

十和田が佑樹に対して独占欲を抱《いだ》いていることを知ったら、そんなつもりじゃなかったのにと恐れを抱き、関係を持ってしまったことを後悔してしまう可能性だってある。

佑樹にならば囚《とら》われてもいいと思ったが、その気のない相手を身勝手な独占欲で捕らえるような真似はしたくない。

それは、ひらひらと楽しく自由に生きてきた遊び人の、最後の矜持《きょうじ》みたいなものだ。

(俺だって、本気で惚《ほ》れてもいないない相手に縛られたかないからな)

だから十和田は、自分からは佑樹になにも言うつもりはない。

今、佑樹に触れることができる男が自分だけなのだというこの現実だけで、とりあえずは満足している。

ただ、そこで困ったことがふたつ。

もちろんそのひとつは、五百川にふたりの関係を打ち明けられないことだ。

こちらとしては遊びで手を出したつもりはなくとも、佑樹のほうが遊びだとしか思っていない可能性がある以上、やはりばれるのはまずい。

変な遊びを覚えさせたと、むっちゃいい笑顔が発動してお仕置きされる危険性がある。

そして、もうひとつは、佑樹が遊びだとしか思っていない場合、いつかは、彼のほうからこの関係を解消したいと言い出す可能性があることだ。

そのとき、すんなり佑樹を手放すことができるかどうか、十和田には自信がない。

独占欲を抱くほど本気で誰かに惚れたのは、これがはじめて。

つまり、惚れた相手と別れなければならない立場に追い込まれるのもはじめてだということだ。

(この俺が、ふられる?)

軽い気持ちで誘った相手にふられても痛くも痒《かゆ》くもないが、本気の相手ではきっとそうはいかない。

自分がダメージを受けるだけならいいが、うっかりすると佑樹に対して逆ギレして、絶対に手放さないと強引に縛りつけるような真似をしてしまいそうだ。

その場合、自分がいったいどれだけ狡猾《こうかつ》に、そして執念深く立ち回るかを簡単に想像できるのが自分でも本当に怖い。

じわじわと真綿で締めつけるように佑樹を追い込み、決して自分からは逃げられないように精神面から弱らせていって、拘束しようとするはずだ。

(……もっと惚れてもらうよう努力するしかないか)

あの子に酷いことはしたくない。

控えめな花のようなあの微笑みは、心から楽しかったり、幸せだったりするからこそ、ふわりとほころぶのだ。

不本意な関係に縛りつけられて苦しむようになったら、きっと自分はあの笑顔を失うことになるだろう。

それでは本末転倒だ。

（ったく、参ったなぁ）

柄にもない悩みを持ってしまったと、十和田はひとりオーバーアクション気味に肩を竦めて苦笑する。

佑樹のことを思う度に胸に沸き起こってくる、奇妙に甘い心持ちを少々持て余しながら……。


十和田が帰宅する時間は日によってまちまちなのだが、温かな夕食を用意したいと佑樹が言うので、とりあえず帰れそうな目処《めど》がついたところで、大体の時間をメールで教える習慣ができていた。

この日は当初の予定より仕事が早く終わり、七時には家に帰れそうだった。

その旨を佑樹にメールした後、ふと思いつく。

(佑樹になにか買って帰るか)

思いがけないプレゼントに、佑樹が喜ぶ顔が見たかった。

以前、遊び相手にプレゼントを贈るときは、いつも花束や舞台のチケットなど、後に残らないものを選んでいた。

だが、佑樹にはそうじゃないほうがいい。

なるべく長く使えて、かつ身につけるようなものがいい。

これは自分からのプレゼントだったと、それを身につける度に微笑んでくれればもっといい。

(そういえば、この前出掛けたとき襟元が寒そうだったな)

プレゼントはマフラーにしようと決めた。

佑樹は肌が白いから、淡い綺麗な色のマフラーがきっと似合うはず。

(ピンクじゃあざとすぎるか。アイボリー、いや、淡い藤色が上品でいいか。和服にも合わせられるだろうし)

帰る途中でショップに寄り、ほぼ理想通りの品を買って、プレゼント用のラッピングをしてもらう。

お誕生日用ですかと店員に聞かれて、十和田は佑樹の誕生日を知らないことに気づく。

(今度、聞こう)

誰かの誕生日を進んで知りたいと思うなんてはじめてだ。

その大切な日を、おめでとうと言って一緒に祝ってあげたい。

今までも緑陰庵の常連客が祝ってくれていたかもしれないが、それでも佑樹は誕生日の夜をずっとひとりで過ごしてきたはずだから。

今年だけじゃなく、来年も再来年も、恒例行事になるぐらいふたりでずっと祝えたら幸せだろうと思う。

（ったく、こんなくすぐったいの、柄じゃなかったはずなんだがな）

「こちらでよろしいですか？」

「ああ、ありがとう」

——綺麗な色のリボンですね。これ、どうなさったんですか？

シャンパンゴールドのリボンでラッピングされた包みを手渡した瞬間の佑樹の表情が、容易に想像できる。

プレゼントだと告げた瞬間のその顔も……。

（楽しみだ）

佑樹には、驚いたり戸惑ったりすると、口元や胸に指を当てる癖がある。

毎日水仕事をしているわりに、佑樹の指先は荒れておらず、とても綺麗だ。

その細くしなやかな指先の動きに、いつも自分が目を奪われていることに佑樹は気づいているだろうか？

（きっと、気づいてないな）

自分自身の魅力に、佑樹は無頓着だから……。

買い物した分だけ帰宅は遅くなってしまった。

佑樹が心配しているかもしれないと、十和田は駐車場から母屋までの道のりを早足で歩く。

「ただいま」

玄関の引き戸を開け、中に声をかける。

いつもはこの呼び声で、佑樹が玄関まで来てくれるのだが、この日は違った。

それどころか、灯《あか》りがついているのは玄関だけで、屋内の照明はすべて落とされている。

帰ってすぐに佑樹が喜ぶ顔を見られるだろうと予想していただけにがっかりしたが、それ以上に不安が胸をよぎる。

佑樹がこんな時間帯にひとりで出歩くことなど、今までなかったからだ。

「佑樹？　いないのか？」

まさか倒れてるんじゃないだろうなと、慌てて屋内へ入った。

茶の間に行くと、テーブルの上に書き置きがある。

「……あの馬鹿」

書き置きを手に取った十和田は、チッと舌打ちすると、プレゼントの包みを放り投げて再び外へと飛び出して行った。

★

（なんで、こんなことになってるんだろう）

佑樹は、途方に暮れて周囲を見渡した。

そこは、お世辞にも綺麗だとは言えない部屋だった。

乱暴に扱っているのだろう、スプリングがはみ出したソファセットに、飾り気のないアルミサッシの窓。

壁はコンクリートの打ちっ放しで、床に敷いてあるタイルはあちこち欠けていて、ろくに掃除もしていないようで土足の靴跡が沢山ついている。

部屋の中は煙草の煙に満ちていて、その嗅ぎ慣れない匂いで気分が悪くなった。

あれは、ほんの一時間前のこと。

佑樹の携帯が鳴り、見知らぬ番号に首を傾げつつも出てみると、相手は以前弟だと名乗った青年だった。

佑樹は世間が狭いから、携帯の番号を知っている人は限られている。その人達が、そう簡単に他人に教えるとは思えなかった。

「この携帯の番号は誰から聞いたんですか?」

「親父の携帯。……あの家には拘わるなっつって教えてくれねぇから勝手に見た」

その説明で佑樹は確信した。

(……本物だ)

父親にとっての佑樹は、失敗だった結婚の遺物みたいなものだ。

確かに、もう拘わりたいとは思っていないだろう。

声の主が弟だと確信した佑樹は、近所のファミレスにきてくんねぇ? という彼の呼び出しについ応じてしまったのだ。

ひとりで会いに行くなという十和田の注意は頭に残っていたけれど、その十和田もあと十分程度で帰ってくるはずだから、書き置きを見れば、きっと後から追いかけてきてくれるはずだと考えた。

だがファミレスに向かった佑樹を待っていたのは、ひとめ見ていかにも悪そうな青年達の集団だった。

「兄ちゃん、待ってたぜ〜」

佑樹はファミレスの手前で逃げる間もなく彼らに取り囲まれ、そのまま車に乗せられてこの部屋に連れてこられたのだ。

車から降ろされたときに周囲を見た限りでは、どうやらここは廃工場らしい。

かつては従業員の休憩所だっただろう二階の部屋を、青年達は自分達のたまり場として使っているようだ。

この部屋には、佑樹を除いて六人の青年がいて、今現在なにやら内輪もめをしている。

「話が違う。こんなトコまで連れてくるなんて聞いてねぇし」

金髪の青年が、まるでソファに座らされた佑樹を庇《かば》うようにして他の五人と対峙《たいじ》し、瓶ビールを飲んでいるリーダー格らしき青年にくってかかっている。

どうやらこの金髪の青年が、佑樹の弟のようだ。

「こいつから金借りて、あんたらに渡せば、それで終わりだって言っただろ？」

「うるっせぇな。事情が変わったんだよ」

「変わったって、どんな風にだよ？」

「兄ちゃん家を調べた上の人がさ、ただ金を借りるだけじゃ、もったいないだろうっていうわけよ。で、今から、この兄ちゃんに直接話をつけにくるんだとさ」

「ああ？」

「だから、金蔓《かねづる》になってもらおうって話。それが駄目だったら、おまえから貰うってことになるみたいだぜ。この兄ちゃんが死ねば、その財産、おまえとおまえの親父《おやじ》に行くんだろ？」

（僕が……死ぬ？）

なんだか、とんでもない話になってきた。

あまりにも現実感がなさすぎて、そのやり取りをぼうっと眺めている佑樹とは裏腹に、弟は血相を変えて目の前の相手につかみかかって行った。

「ふざけんなっ‼ そんなこと許さねぇからな！」

「うっせぇ。おまえら、ちょっとこいつ押さえとけ」

多勢に無勢、三人がかりで殴られ、押さえ込まれた弟が床に倒れ伏す。

「乱暴は止めてください！」

佑樹は慌てて腰を浮かせたが、あっさりリーダー格の男に肩を押し戻されて、もう一度ソファに座らされてしまった。

「兄ちゃん、近くで見ても、えっれえ美人さんだな。兄ちゃんじゃなくて、姉ちゃんならよかったのにさ」

至近距離から顔を覗き込み、へらへらと笑う。

その口から煙草とアルコールの匂いがして気分が悪くなった佑樹は、思わず口元に手を当てて目を伏せた。

「びびってんのか？ 大丈夫だって。さっきのは冗談だからよ。あんたが大人しく金蔓になってくれるんなら、今からここに来る予定の上の人達だって、そうそう酷いことはしねぇよ」

「金蔓だなんて……。そんなこと無理です」

箱入りで世間知らずの佑樹には、この場は言いなりになって大人しくしていたほうが得策だなどという考えが思い浮かばなかった。

現実的な問題として、五百川や近江家の顧問弁護士がそんなことを許さないだろうと、その場で思ったことをついそのまま口にしてしまったのだ。

その途端、ダンッと座っていたソファを蹴《け》られて、その衝撃に身体がビクッと震え、思わず目をつぶる。

「舐めてんのか、ああ?」

威圧的な声が耳元で聞こえ、頭のてっぺんからビールをかけられた。

冷たいビールが首筋から背中にまで伝い、流れ込んでくる感触に、ぞわっと鳥肌が立つ。

(……こわい)

まさに冷水を浴びせられたような感じだ。

現実感がなさすぎて、それまではぼんやりしていたのが、これで一気に目が覚めた。

(これって、かなりまずい状況なんだ)

家を出てくるとき、書き置きには、弟に呼び出されたことと、行き先のファミレスの名前しか書いてこなかった。

十和田があのメモを見たとしても、この場所までたどり着くなんてきっと不可能だ。

それはつまり、助けが来ないということ。

(今から、ここに上の人が来るって言ってた)

柄の悪い青年達にとっての上の人というのが、彼ら以上にいろんな意味で怖い人達なんだろうってことぐらいさすがの佑樹にもわかる。

(どう……しよう)

ひとりで会いに行くなと、十和田に言われていたのに……。

——自分が財産家なんだってことをもうちょっと自覚したほうがいいよ。

確か、以前そんな風にも言われた。

だが佑樹は、その言葉の意味をちゃんと理解していなかった。

自分が所有している財産が、他人の目にどう映るかってことにも無頓着だった。

自分の身が、こういう形で危険に晒されるまでは……。

(もっと、真剣に対処しなきゃいけなかったんだ)

不審者が庭に侵入したこと、駐車場で常連客が威嚇されたこと、きっとそれらすべてがこの事態に繋がっていたのだろう。

それなのに佑樹は、たまたま嫌なことが重なっただけだと軽く考え、あまつさえ十和田との会話を引き延ばすためのネタ扱いにしてしまっていた。

後悔先に立たずとは、まさにこのことだ。

(あの子もきっとそうだ)

佑樹は視線を巡らせて、床に押さえ込まれたまま悔しそうな顔をしている弟を見た。

いったいなぜ、彼がこんな怖い集団と一緒にいるのかはわからないが、さっきの話しぶりからして、本当に金を借りるだけのつもりだったように思える。

こんな怖い状況になっていることを、きっといま酷く後悔しているに違いない。

(とりあえず、なんとかこの場を凌《しの》がないと……)

ここでの対応を間違ったら、本当にまずいことになる。

なんとかしてこの場を凌ぎさえすれば、十和田や五百川がきっと知恵を貸してくれる、助けてくれるはずだと佑樹は信じた。

そのためにも、これ以上彼らを怒らせないようにしなくては……。

恐怖で震える指先で胸を押さえながら、そう決意したとき、ガンッともの凄い音を立ててドアが蹴り破られた。

室内にいる人間すべての視線が向かった先に現れたのは、黒い目出し帽を被った青年達の集団だった。

「目標発見‼」

先頭を切って飛び込んできた男が、びしっと佑樹を指差した。

「残りの奴は適当に縛って転がしとけ。はしゃぎすぎて怪我させせんなよ!」

「りょーかい!」

ひゃっほーと、黒い目出し帽の集団が楽しげに部屋に乱入してくる。

一部、ゴム製のすっぽり被るタイプのお面のようなものをつけている者もいて、はしゃぐ彼らだけを見ているとまるでパーティーの余興のような大騒ぎだ。

目出し帽の集団は三十人近くはいただろうか、ここでもやはり多勢に無勢で、あっという間に佑樹を拉致《らち》してきた青年達が制圧されていく。

「あんた、近江佑樹さんだろ？」

リーダー格らしい男が佑樹に話しかけてきた。

「はい。あの……僕を助けに来てくれたんですか？」

「そ。五百川さんに頼まれたんだ」

「五百川さんが……」

ということは、きっと十和田が連絡してくれたのだ。

（でも、どうしてここがわかったんだろう？）

不思議だったが、今はそんなことをぼんやり考えている場合じゃない。

「待って！　その子は駄目！」

他の男達同様、縛られそうになっている弟に佑樹は慌てて駆け寄った。

「この子は縛らないで。大丈夫だから。——そうだよね？」

名前すら知らない弟に視線を向けると、弟はぷいっと顔を背ける。

その仕草がなんだか自分に似て見えて、こんなときだというのについ微笑んでしまった。

「なんで庇《かば》うんだよ。あんたを呼び出したのは俺だぞ」

「うん。……でも、さっき、君も僕を庇ってくれたから……。——この子は大丈夫です」

佑樹の言葉に、目出し帽の青年達は「りょーかい」と気楽な調子で言って、弟から手を放してくれた。

(もう、大丈夫なのかな?)

青年達は皆、押さえ込まれたり、縛り上げられたりしている。

ほっとして安心すると同時に、ふっと足の力が抜けて佑樹はその場にへたり込んだ。

「ちょっ、あんた大丈夫かよ」

「うん、だ、大丈夫。……今ごろ足に震えがきただけだから」

鼓動がやけに速い。

息もうまく吸えなくて、佑樹は浅く早い呼吸を繰り返した。

手の平で胸を押さえてみたが、手自体が小刻みに震えているので逆効果だ。

(……怖かった)

というか、今も怖い。

目出し帽の集団が味方だとわかっていても、優しい世界で生きてきた佑樹にとっては、周囲に満ちている暴力の気配は恐怖でしかない。

早く家に、安全な場所に帰りたい。

「なあ、ちょっと……」

はあはあと浅い呼吸を繰り返していた佑樹を、弟が指先でちょんと突く。

「さっきあいつら、上の人が来るって言ってたよな？　まずくね？」

「あ、そ……うだね。まずいよね」

佑樹はよろよろと立ち上がって、リーダーらしき男にそのことを伝えた。

「長居はまずいか。――怪我した奴はいないな？　よし、撤収！」

「りょーかい！」

その途端、来たときと同じ唐突さで、目出し帽の青年達は一斉に部屋から出て行った。

明日の仕事や学校さぼんなよ、と彼らの背中に声をかけた後で、リーダーが佑樹達ふたりに向き直る。

「さ、俺達も行こう」

促されて佑樹も弟と部屋を出る。

途中、足が震えて階段を踏み外しそうになったが、リーダー格の青年が支えてくれて事なきを得た。

「色々とありがとうございます」

「気にしなくていい。俺、五百川さんや十和田さんの部下なんだ。いつも世話になってるからさ。これで、ちょっとは恩返しになるだろ」

「一緒に来てくれた人達は？」

「あれは、俺の知り合いと、そのツレ。すぐに来られそうな奴、五、六人に声をかけたら、面白そうだってんで芋づる式で増えちゃってさ」

目出し帽が足りなくなって変なことになっちまったと笑う。

青年は、外に出ると同時に、すぽんと目出し帽を取った。

その下から現れたのは、明るい茶髪に複数のピアスをつけた明るい容貌だ。

チャライ外見のわりにその物腰は落ち着いていて、信頼できる感じがする。

そのまま細い路地を抜けて、一本先にある大通りに出た。

「おお、佑樹くん、大丈夫か？　怪我はないかい？」

乱闘騒ぎは若い者に任せてここで待機していたらしい五百川が、佑樹の姿を認めて駆け寄ってきた。

「髪が濡れてるじゃないか……。なにか酷いことをされたのか？」

「いえ、大丈夫です。僕は殴られたりとかはしてないので……。ただ、彼が殴られて怪我をしてます」

一緒についてきていた弟を振り返ると、弟はまた気まずそうに視線をそらした。

「君は、如月《きさらぎ》哲矢《てつや》くんだね？」

五百川の問いに、弟が無言で頷く。

(哲矢っていうんだ)

はじめて知った弟の名前を忘れないよう胸の中で繰り返す。

「君には色々と聞かなきゃならないことがある。少しつき合ってもらうよ」

「あの、彼……哲矢くんは僕を庇おうとして殴られたんです。なにか事情があるみたいだし、あまり叱らないであげてください」

五百川の厳しい口調に、佑樹は慌てて弟を取りなした。

そんな佑樹を見て、五百川が「これだから……」と困ったように優しく微笑む。

「だそうだよ。君のせいで、こういうトラブルに巻き込まれたっていうのにね。君のお兄さんは、とんだお人好《よ》しだ」

「お人好しでいられるのは、なに不自由ない生活を送ってられるからだろ」

弟が、ぼそぼそと口答えする。

「確かに、金銭面での苦労は知らないだろうね。ただし、そんな彼でも持ってないものはあるよ。たとえば、君がウザイと言って遠ざけている存在とかね」

「……説教かよ」

五百川の言葉に、弟がケッとそっぽを向いた瞬間、それまで黙っていたリーダー格の青年が弟の頭をゴンと横殴りにした。

「生意気言ってんじゃねぇよ。自分がやらかしたことの始末もつけられずに、床に転がってやがったくせに」

「こらこら、高橋《たかはし》くん。暴力は駄目ですよ」

「っと、了解っす。——で、これからどうしますか？　ここでいつまでも立ち話してるのもまずいっすよね？」

風邪引きますよ、と佑樹の濡れた髪を指差す。

「そうだね。私達は、哲矢くんを連れて引き上げよう。佑樹くんにはそろそろお迎えが来るはずなんだが……」

遅いな、と大通りに視線を向けかけたちょうどそのとき、明らかに法定速度を超えて走ってきた見覚えのある車が、ギュギュっとタイヤを軋《きし》ませて急停車した。

車から飛び出してきたのは、十和田だ。

「佑樹！　この馬鹿‼」

開口一番、頭ごなしに怒られて、佑樹はビクッと縮こまり思わず目を閉じた。

と、次の瞬間には、大きな腕の中にすっぽりと抱き込まれている。

「無事で、よかった」

絞り出すような声が耳元で聞こえ、ぎゅうっと強く抱きすくめられて、ごく自然に唇からほうっと吐息が漏れた。

(もう……大丈夫)

強い腕の力が、まだ微かに残っていた身体の震えを止めてくれる。

安全な場所に戻れたのだと、身体と心が心底ほっとしているのを感じる。

「……ごめんなさい」

謝る声には、甘ったれな子供みたいな響きがあった。

その声に応《こた》えるように、背中に回されていた手の平が、佑樹の頭を撫でる。

勝手にふっくらしてしまう頬を、佑樹は十和田のスーツにすり寄せた。

と、そのとき。

「すげー。十和田さんが取り乱したとこ、俺はじめて見ました」

「私もだよ。十和田くんは、いつも余裕綽々《しゃくしゃく》で、格好をつけてばかりいるからねぇ」

五百川達の声が聞こえて、抱き合っていたふたりははたと我に返った。

「……あ」

「っと、ごめん」

佑樹の保護者兼お目付役である五百川の前だった。

これはまずい。ふたりの関係がばれたかもと慌てて振り返ったふたりに、五百川はごく普通の好々爺《こうこうや》の笑みを向けた。

「細かな事情は私が聞き出しておきますから、十和田くんは、とりあえず佑樹くんを家に連れて帰ってあげてください。そのままじゃ風邪を引いてしまいますからね。今後のことは、また明日相談しましょう」

「あ、でも、家に帰っても大丈夫でしょうか？」

佑樹の家の場所は、さっきの青年達に知られているのだ。

今日の仕返しに、再び襲ってきたりしたら困る。

「大丈夫でしょう。警察や警備会社には連絡を入れておきますし、佑樹くんを助けた覆面集団の正体がわからないうちは、向こうもそれなりに警戒して近寄っては来ないと思いますよ」

五百川は、にこやかなまま、車に乗って帰るようにとふたりを促した。

（なんで怒らないんだろう？）

今の抱擁《ほうよう》を見たのに、まさか気づかなかったのだろうか。

ほっとしつつも、なんとなく拍子抜けした気分でふたりは帰途についた。

7

車内では、ほとんど会話がなかった。

頭からかけられたビールと、あの部屋に充満していた煙草の匂《にお》いが身体に染み込んでいるような気がする。

それがもの凄く気になっていた佑樹は、十和田に臭《くさ》いと思われたくなくて、なるべく助手席のドア側に身体を寄せてじっとしていた。

十和田もまた、無言でハンドルを握っている。

普段とは違い、ハンドルを握る手に力が入っているのを見て取って、佑樹はちょっと小さくなった。

（……やっぱり怒ってるのかな）

あの場では無事でよかったと喜んでくれたけれど、いったん安心したことで、じわじわと佑樹が言いつけを破ったことに怒りを感じはじめているのかもしれない。

父親不在、母親は半ば夢の世界で生きていたという家庭環境のうえに、佑樹は優等生でもあったから、子供の頃から怒られるという体験をついぞしたことがない。

というか、誰かを本気で怒らせたことすら、今までなかったような気がする。

（こういうとき、どうしたらいいんだろう？）

一度謝ったけど、もっともっと謝ったほうがいいのだろうか？

迎えに来てくれたあの様子から、十和田が本当に心配してくれていたのがわかる。

自分の失敗であんなに心配させてしまったのだから、もういくらでも謝るつもりだったが。

（その前にお風呂に入らないと……）

このままでは、ごめんなさいと頭を下げた瞬間にビール臭が漂ったりしたらどうしようとか、そんなことが気になって謝ることに集中できそうもない。

というか、今だって十和田の車を汚してしまうんじゃないかと気が気じゃないのだ。

佑樹は車を汚さないよう、両手でシートベルトを少し引っ張って緩めると、濡れた背中をシートからそっと離した。

「ごめんなさい。お話の前にお風呂もらいますね」

家に帰ると、以前にもこんなことがあったなとデジャブを感じつつ、まず真っ先に風呂場に飛び込んだ。

とりあえず汚れを落とすだけだからシャワーだけで充分。

いい香りのシャンプーと石けんで全身を洗ってほっとすると、今度は違うことが気になってくる。

（そういえば、夕食まだだっけ……）

十和田がお腹を空かせているのではないだろうか。

今日の夕食はおでんで、出掛ける前にほとんど準備を終えていたから、後は土鍋に入ったおでんを温め直すだけで食べられるようになっている。

おでんにはやっぱり日本酒だろうなと考えながら、シャワーを止めて脱衣所のドアを開けた途端、そこに十和田が立っていた。

「——え？」

あまりにも唐突で、裸を見られる羞恥心を感じる間もなかった。

なんでここに？　とただびっくりしている佑樹の全身を眺めた十和田は、次いで肩を摑んで強引にぐるっと回れ右させる。

「怪我はしてないみたいだな」

「あ、はい。それは大丈夫です」

「それならいい」

ほっとしたような声。

（心配してくれてたんだ）

佑樹が風呂場から出てくるのを待ちきれないほどに……。

嬉しくて口元に勝手に笑みが浮かぶ。

微笑んだまま振り返ると、十和田はその笑みから狼狽えたように目をそらし、佑樹の頭にバスタオルをかけた。

「風邪引かないようちゃんと髪も乾かしてから茶の間にこい。――話があるから」

「あ、でも、お腹空いてませんか？」

「それは話の後でいい」

十和田がバスルームから出て行く。

佑樹は慌てて髪を乾かし、新しい服に着替えて、急いでその後を追った。

茶の間では十和田がお茶を淹れて待っていてくれた。

「ちゃんと乾かしたか？」

「はい。大丈夫です」

いつものようにはす向かいに座り、微笑みかける。

十和田のためにホットカーペットを導入した茶の間は、寒さに馴れている佑樹にとっては暑いぐらいだ。

とりあえず淹れてもらったお茶に口をつける。

緊張して汗をかいてもいたのだろう。知らぬ間に喉が渇いていたようで、思わず一気に全部飲み干してしまった。

ほっと温かな吐息をついてから、意を決して頭を下げる。

「心配かけてごめんなさい」

怒られるかなと思っていたのに、返ってきたのは「謝る必要はない」という思いがけない言葉だった。

「まあ、ひとりで出掛けたのは問題があるが、その分、怖い思いをしたんだからそれでチャラだ。——むしろ、謝らなきゃならないのは俺のほうだ」

「それこそ、十和田さんは謝る必要なんてないですよ」

「いいや。俺が帰宅時間をずらさなければ、こんなことにはならなかったはずだ」

十和田は、テーブルの下から綺麗にラッピングされた袋を取り出して、佑樹に放り投げて寄こした。

「僕に？」

「ああ、開けてみろ」

言われるままにリボンを解き、袋を開ける。

中から出てきたのは、柔らかな手触りの淡い藤色のマフラーだ。

「わあ、綺麗な色……。ありがとうございます。でも、どうしてこれを？」

嬉しそうに微笑んでマフラーの感触を確かめるべく頬に当てている佑樹を、十和田は目を細めて見つめる。

「そういう気分だったんだ。っていうか、柄にもなく浮かれてたんだろうな。呑気《のんき》にこれを選んでて帰りが遅くなった。その間におまえが拉致されてたと知って、自分が嫌になったよ」

「そんなこと言わないでください。僕がいけなかったんですから……。それに、十和田さんがまっすぐ帰ってきてたとしても、きっと同じことになってました」

十和田の帰宅まで後十分のところで家を出たのだ。出掛けた先のファミレスで、店内に入る前に拉致されたのだから、十和田が予定通りに帰宅していたとしても、きっと間に合わなかった。

佑樹がそう説明すると、十和田は首を横に振った。

「それでも同じことだ。あのファミレスでおまえが連れ去られたところを目撃した人から事情を聞いても、俺は五百川さんに連絡する以外のことがなにもできなかった。間抜けなことに、うっかり工事渋滞に巻き込まれて、救出劇にも間に合わなかったんだからな」

「そんな……。来てくださっただけで充分です。僕、凄く嬉しかったんですから」

十和田に抱き締められて、心からほっとした。

あの瞬間に、もう本当に大丈夫なんだという安心感を貰えた。

それだけでもう充分だと佑樹は思うのだが、「いや、駄目だ。全然足りない」と十和田は納得しなかった。

「おまえが攫《さら》われたと知って、おろおろするばかりの俺と違って、五百川さんは救出に向かうべき先をすぐに指示できていた。この差は大きいよ」

「でも、どうして五百川さんは僕の居場所がわかったんでしょう？」

発信器などを身につけているわけでもないのにと佑樹は不思議がる。

「俺の報告を聞いていたからだろう」

「報告？」

「ああ。おまえの周りでなにか異常があったら、どんな細かなことでもいいから報告するように言われていたんだ。電話や駐車場の件も言っておいたし、家の前で声をかけられたことも言っておいた」

「えっと……家の前って？」

「その話はおまえにしてなかったんだっけか。ここに越してきてすぐ、ガレージに車を停めて降りたところで声をかけられたんだよ。——ほら、さっき高橋くんの脇に立っていたあの青年に」

「哲矢くんですね」

「おまえの知り合いか？」

「はい。と言っても初対面でしたけど……。彼が僕の弟です。ちょっと釣り目がちなところが、父によく似てました」

佑樹の言葉に、「そうか。それでか」と十和田が納得したように頷く。

「俺も釣り目がちだってことは報告したんだ。年齢とその顔の特徴から、五百川さんはおまえの弟の周りを調査しはじめていたのかもしれないな」

その後、佑樹がオレオレ詐欺だと勘違いした電話の件もあって、その疑いが確信になったのだろう。

「弟がつき合ってる奴らや、そのたまり場を調べるなんてこと、五百川さんなら造作もなくできる。……まったく、叶《かな》わないな」

「でも、それは、五百川さんが家の事情に詳しいからできることです。十和田さんは父の顔も知らないし、弟のことだって僕が話すまでは知らなかったんですから、気に病むようなことじゃないです」

「知らなくても調べることはできていたはずだ。だが、俺はそれをしなかった。報告だけして、後は全部、五百川さんに丸投げだ。心配事は全部あの人に任せて、俺はひとりで浮かれまくって、呑気にマフラーなんか選んでた。……そんなんじゃ、駄目なんだ。いいとこ取りしてばっかりじゃ、大事なものを取りこぼすだけだ。――俺には、覚悟が足りなかった」

「なんの覚悟ですか？」

「おまえを丸ごと手に入れるための覚悟だよ」

「僕……を？」

思いがけないことを言われて、佑樹はきょとんとする。

「十和田さんになら、屋敷でも美術品でも、なんでも全部差し上げますよ。――ただ、その……」


佑樹は、その言葉の続きを言い淀んだ。

ちょっと、大それた願いかと思ったからだ。

「ただ、なんだ？」と十和田に問いかけられ、意を決して口を開いた。

「そ、その変わりに、ずっと僕の側に居てくれたら、凄く嬉しいんですが……」

「……側にいるだけでいいのか？」

「はい。他にはなにも望みません」

勢いよく頷く。

十和田はというと、思いっきり眉間《みけん》に皺を寄せている。

格好いいけど、不機嫌そうな顔はちょっと怖い。

「あの……駄目ですか？」

おそるおそる聞くと、「駄目だろう」と間髪入れずに返事が来た。

（駄目なんだ）

佑樹はがっかりした。

それでも諦めきれない。

（ずっと、だなんて曖昧な言い方をしたから駄目なのかも……）

大切な一度きりの人生を、金銭と丸ごと引き換えるなんてそう簡単にできることじゃない。それならば、五年とか、十年とか、期間を区切ったらどうだろうか？

そんなことを考えて、もう一度口を開きかけたとき、

「なんでおまえは、そんなに欲がないんだ？」

「はい？」

（逆だと思うけど……）

お金の力で人ひとりの人生を自分の元に引き寄せようとしているのだから……。

「それとな、勘違いするなよ。俺が欲しいのは、おまえ自身だ」

「僕？」

「そうだ。俺は、おまえが、欲しいんだ。だから、おまえが幸せに暮らしていけるこの環境ごと全部守れるようになりたい。そのための覚悟が足りなかったと言ってるんだ。おまえの財産を手に入れたいわけじゃない」

「あ、でもそれなら、僕はもうとっくに十和田さんのものです」

「丸投げかよ」

怖い調子で言われて、身体がビクッとなった。

「側にいるだけでいいのか？　他に欲しいものはないのか？」

「欲しいものなんて……」

ない、とは言えなかった。

だからといって、それを口に出す勇気もない。

半ば夢の世界で生きていた母親は、佑樹のことを本当の意味では愛してくれていなかった。

物心ついたときには家にいなかった父親は、母親似の佑樹のことを疎んじてさえいた。

ふたりから、はっきりとそう言われたわけじゃない。

子供だった頃は、気のせいかもしれないと関係改善を図ろうと努力したこともあったのだ。

だが、投げかけたこちらの愛情が何度も虚《むな》しく空振りする度、その反動で佑樹は臆病になっていった。

欲しがるから傷つく。

欲しがらなければ傷つかない。

このまま、周囲が望むようないい子でいれば、辛うじて今の状態は維持できる。

それでいいのではないかと……。

普通に大学を卒業して、やがて独り立ちできるようになっていけば、またなにかが変わっていたのかもしれない。

だが運悪くその前に母親が病魔に冒され、佑樹はそのチャンスを失った。

そして母親の死後も、彼女が残した夢の抜け殻に囚われて、変わろうと思うことすらできなくなっていた。

そう、十和田に出会うまでは……。

(でも、怖い)

欲しがった挙げ句拒絶されたらどうしよう。

今、こうして十和田は自分の側にいてくれる。

ただそれだけで、もう佑樹は充分に幸せなのだ。

これ以上を望むことで、この関係が悪い方向に変化してしまったらどうしよう。

(それぐらいなら、今のままのほうが……)

悪い癖が出て、ぐるぐると思考が頭の中を回る。

混乱してなにも言えなくなった佑樹は、膝の上に置いてあったマフラーごと、その両手をぎゅっと握りしめた。

その途端、指先に感じたマフラーの柔らかな手触りに、不意に心が緩む。

(……十和田さんからのプレゼント)

佑樹が欲しいと望んだわけじゃない。

ただ、十和田がこれを自分に与えたいと思ってくれたのだ。

そんな優しさに、ただ黙って甘えていられる日々が続けば幸せだと思っていたけれど……。

(これも、丸投げなのかな)

自分の幸せを、十和田に頼ってしまうのは甘えなのだろうか……。

「佑樹、返事は？」

「……」

聞かれても、どうしても怖くて返事ができない。

俯いたままの佑樹の耳に、十和田の溜め息が届いた。

「答えないなら、俺はおまえから手を引くぞ」

「え、そんな……どうして？」

「どうしてって……。以前、おまえの母親を、たいした自己愛だと悪く言ったことがあっただろう？　俺も、それと同じだからだ」

だから余計に話を聞いて不愉快になったと、十和田が言う。

「同じって？」

「俺も自己愛が強い人間だってことだよ。だから俺は、遊び人を気取って固定の相手を作ってこなかった。誰かに縛られて、その相手といちいち都合を折半し合って生きていくだなんて、そんな面倒なことはごめんだったんだ」

（……都合を折半）

確かに、誰かと一緒に生きるということは、そういうことかもしれない。

こちらの事情とあちらの事情を持ち寄り、譲り合って、お互いの妥協点を捜してうまくやっていく。

佑樹の両親はそれができなかったから、やがてすれ違っていったのだ。

「でも、僕はなにも望みません」

だから、すれ違うこともないはずだと佑樹は思ったのだが。

「それじゃあ、俺の奴隷になるとでも言うのか？」

「奴隷？」

「なにも望まず、俺の言いなりになるっていうのなら、そういうことだろう？　奴隷という言い方が嫌なら人形だ。そんな一方的な関係は俺が望まない。不愉快なだけだ」

不愉快とはっきり言われて、佑樹は思わず小さくなった。

「僕は、そんなつもりじゃ……」

今こうして幸せに暮らせているのだから、このままでいたいと望んでるだけだ。

「あのな、佑樹」

小さくなっている佑樹に、十和田が宥《なだ》めるような声で話しかける。

「以前、一緒にゲイバーに行った後のこと、覚えてるか？」

「……はい」

「あのとき、おまえ、俺が望むような遊び相手にはなれないって言ったよな」

「はい、言いました」

それがなにかと首を傾げると、十和田はオーバーアクション気味に肩を竦めて苦笑した。

「なにも望まず、俺の言うことをなんでも聞くって言うんなら、これからは俺の望み通りの遊び相手になってくれるのか？」

「そ……れは……」

それは、絶対に無理だ。

十和田に抱かれて、その行為がどういうものなのかを身を持って知ってしまった今では、以前よりもっとずっと無理になった。

あの優しい手しか受けつけない。

他の人なんて、想像しただけで吐き気がする。

（僕、矛盾してる）

なにも望まない、なんでも望みを聞くと言っておきながら、どうしてもできないことがある。

なにも望まないのは、十和田を愛しているから。

どうしてもできないことがあるのも、同じ理由からだ。

なんだかまたぐるぐると酷く混乱してしまって、佑樹はひとり涙ぐむ。

「無理なんだろう？」

優しい声で十和田に聞かれて、無言のまま頷いた。

「どうして無理なのか、その理由を聞かせてくれないか？　俺はそれが知りたいんだ」

「め……いわくじゃないですか？」

以前、佑樹は十和田を自分の元に引き寄せるために、食いものにされても構わないと言ったことがある。

佑樹にとって、それはまったく損のない取引だった。

だが、これはどうだろう？

自分の愛は、十和田の願いと釣り合うのだろうか？

重すぎたり、邪魔だったりはしないのだろうか？

「俺は、おまえを丸ごと手に入れるつもりでいるんだぞ。その理由だって、当然手に入れたいよ」

な？　教えてくれよ、と、十和田が顔を近づけて艶やかな甘い声で囁く。

飴色の温かな色の瞳が、懇願するように覗き込んできて、視線をそらすことを許さない。

（僕の気持ちも、十和田さんのもの？）

なんでも全部差し上げると言った気持ちに嘘はない。

それなら、この気持ちも確かに十和田のものだ。

佑樹は膝の上のマフラーをぎゅっと握りしめ、思い切って口を開いた。

「と、十和田さんが……好き、だからです」

愛してるんです、とつけ加える前に、十和田の腕が伸びてきて、肩を抱かれてぐいっと引き寄せられた。

「あっ」

佑樹は十和田に向かって倒れ込み、その胸に抱き留められる。

「やっと言ったな！　ああ、よかった。俺の勘違いだったら、どうしようかと思ったよ」

よかったという十和田の声は、とても嬉しそうだ。

「喜んでくれるんですか？」

「当然だろう。これでやっと相思相愛だ」

「……嘘」

思いがけない言葉に、佑樹はぽかんとして呟いた。

自分は、十和田の遊び相手として必要とされているのだとばかり思っていたからだ。

愛《いと》おしむように触れてくれる十和田の手や思いがけず貰えたプレゼントは、遊び人故の手練手管のひとつだろうとさえ思っていた。

「嘘じゃない。俺は最初から本気だ。五百川さんの手前、遊びじゃ手を出さないと言っておいただろう？」

「え？　じゃあ……最初から？」

「遊び相手にはなれないとおまえにふられたときから、本気だったさ」

「そんな……。なんで言ってくれなかったんですか？」

「おまえも言わなかっただろうが」

「それは、そうなんですけど……」

「俺はおまえを縛りたくなかったんだよ。もしもおまえが好奇心から俺を誘ったんだとしたら、愛してるだなんて言葉は重すぎるだろう？」

「僕も同じようなことを考えてました。遊び人のあなたに恋を打ち明けても、そういう気持ちは重いと敬遠されるかもって……。……それと、その……こっちの気持ちを逆手にとって遊ばれちゃうかもしれないって。あ、もちろん、それは最初のうちだけで、今では遊ばれてもいいから側にいられればって思ってたんですけど……」

佑樹の言葉に、十和田は苦笑した。

「それはない。五百川さんから俺のことをどんな風に聞かされていたのかはわからないが、俺は本気の相手とは遊ばない主義だ。こういうことは、やっぱり対等でないとな」

「対等？」

「そうだ。俺はおまえが丸ごと欲しい。おまえが欲しいものはなんだ？」

「僕の……ほしいものは……」

愛して欲しい、と思う。

そして、ずっと側にいて、微笑みあって暮らせたらと……。

でも、なんの取引材料もないままにそれを言うのは怖い。

いつだって佑樹は、周囲の人達を愛してきた。

でも、自分から愛を求めたことはなかったのだ。

相手の望みを無償で叶えて、喜んでもらえさえすればそれでもう充分に幸せだった。

十和田から本気だという言葉を貰えるだけで充分で、それを自分から要求することにはためらいがある。

だって、それはもう確かにここにあるのだ。

わざわざ口に出して求める必要なんてあるのだろうか？

長年の習慣ですっかり臆病になってしまっていた佑樹は、この期に及んで悪い癖が出て、ぐるぐる悩んで足踏みしてしまう。

そんな佑樹に、「頼むから言ってくれ」と、十和田が懇願するように告げる。

「でないと、俺がおまえを手に入れられない」

「それは……対等じゃないから？」

「ああ、そうだ。頼む」

（……頼まれた）

十和田の望みなら、なんでも叶えてあげたい。

そんな想いが、佑樹の重い口をやっとこじ開けた。

「僕は……いえ、僕も、十和田さんが欲しいです。その……丸ごと？」

これで対等だろうか？　と見上げると、十和田は嬉しそうに微笑んでいた。

「やるよ。全部やる。遊び人の称号は今日で返上だ。今から俺は、おまえだけのものだ」

ぎゅっと抱き締められて、ほうっと吐息が零れる。

（……夢みたい）

求めて、与えられる。

その幸福感に佑樹は酔う。

遊びで構わないとか、今だけでいいとか、そんな前置きはもう必要ない。

幸せだと、ただそれだけを思った。


さっそく丸ごとくれてやるよと、寝室に引っ張り込まれた。

手早く敷いた布団の上に横たえられ、キスされて、うっとりと十和田の首に腕を絡める。

キスするのも抱かれるのも、ここ最近で随分と馴れてきた。

それでも、このキスは今までのそれとは違う。

（全部、僕のものだ）

十和田のこの腕も唇も、彼のすべてが……。

遊び相手ではなく、これからは恋人として、いつも彼の隣りにいることができる。

ずっと一緒に……と幸せな気分に浸っていた佑樹の脳裏を、ふと母親の面影がよぎった。

(母さんも、きっと幸せだったんだろうな)

出会って恋人同士になったばかりの頃は、きっとこんな風に手放しで幸せな気分を味わっていたに違いない。

だが、その幸せは、ずっとは続かなかった。

「……どうした？」

夢中でキスに応じ、四肢を絡めていた佑樹の動きが不意に止まったことに気づいた十和田が話しかけてくる。

「急に……怖くなったんです」

佑樹は、突如として襲ってきた不安を隠さずに十和田を見上げた。

「なにが怖いんだ？」

「この幸せが終わるのが……――僕が十和田さんに一目惚れしたんだってこと、言いましたっけ？」

「いや、初耳だ」

いいこと聞いたなと、嬉しそうに十和田が微笑む。

「いい歳して恥ずかしいんですが、これが初恋でもあるんです。だから、なにもかもがはじめてのことばかりで、まるで先が見えないのが不安で……」

一点の曇《くも》りもなく幸せなうちは問題ないが、なにか翳《かげ》りが出てきたとき、自分がどんな風に変わるのか、経験がないだけに佑樹にはわからない。

かつての母親のように、愛した人を自分の元に縛りつけようとして、理不尽な要求を繰り返すような真似をするようになりはしないかと不安だった。

実際、恋を知ってからの自分は、恋愛なんてしないと思い込んでいた頭でっかちな頃の自分とは、考え方までもがまったく変わってしまっている。

この先、手に入れてしまったなによりも大切なものを守ろうとするあまり、悪い方向に変化しないとも限らない。

「はじめたばかりなのに、終わることを考えるんじゃない」

困った奴だなと言わんばかりに、十和田が苦笑する。

「でも……」

「でもじゃない。おまえ、俺以外の男に気持ちを移す予定でもあるのか?」

「そんなの、ありません!」

なにを言うんだと思わずむっとすると、「それなら大丈夫だ」と言われた。

「俺もおまえだけだ。先々のことを勝手に不安がって、わざわざ今の幸せを壊すこともないだろう。そういうのを取り越し苦労って言うんだぞ」

「そうなんでしょうか」

「そうだ。……おまえがなにを考えてるのかぐらいわかってるよ。今までの俺の生き方からして、おまえが不安になるのもわかる。でも、まあ、そこら辺は俺を信用してもらうしかないな」

十和田は佑樹の上から降りて、そのまま隣りに頬杖して寝そべった。

(そっか、これって十和田さんを信用してないことになるんだ)

十和田の心が自分から離れていくことを心配しているのだから……。

「……ごめんなさい」

佑樹も同じようにして十和田に向き合って、素直に謝る。

「うん。……っていうか、俺は自分が不安だよ。周囲すべてに嫉妬《しっと》して、おまえを独占しようと不必要に縛りつけそうな気がして……」

「それでも別にいいですよ?」

「いいや、駄目だ。おまえは、俺がなにを言ってるか、本当にはわかってないんだよ」

世間知らずの箱入りだから、と十和田が言う。

「じゃあ教えてください。どういう意味ですか?」

「俺が嫉妬に狂ったら、おまえの母親がしたかったことを実行に移すだろうな」

「母さんがしたかったこと?」

「ああ。……愛する人を誰の目にも触れないよう、自分以外の誰も見ないように、家の中に座敷牢でも作って強制的に閉じこめてしまうんだ」

「そういうことになるんでしょうか。……でも、そんなのって、きっと全然幸せじゃないですよね」

自分を愛してはいない夫を閉じこめて、毎日その愛する人から責めるような目で見つめられたら、それはある意味では地獄だろう。

「だよな。俺もそう思う」

佑樹を見つめて、十和田が微笑む。

穏やかなだけのその微笑みに、佑樹はなんだかとても安心して微笑み返していた。

「この顔を見られなくなったら、それこそ地獄だ」

微笑む佑樹の口元に、十和田の指先が触れる。

佑樹は、その指先のくすぐったさに、ふふっと小さく笑った。

「ずっとふらふら適当に遊んでばかりだったから、俺もおまえと一緒で、本気の恋愛には免疫がないんだ。本気になりすぎて暴走しないよう、もっと自重しないとな」

とにかく、一緒に頑張ってみよう、と十和田が言う。

(僕も、一緒に……)

お互いがお互いのもので、対等だからこそ、同じように努力する。

そういうことなんだろう。

（同じ目標があるのっていいな）

ただ頼ったり甘えたりするより、一緒に生きているって実感がある。

「頑張ります」

生真面目に頷いた佑樹は、上半身を起こすと、横たわる十和田の唇に自分からキスを仕掛けていった。


「ん……ふっ……んん」

丹念に全身を愛撫《あいぶ》されて、佑樹はその甘い感覚にとろんと酔っていた。

最初の頃は、ちょっと刺激されただけであっさり達《い》ってばかりいたけれど、最近ではなんとか堪えることができるようになって長く楽しむ術を覚えてきていた。

とはいえ、昂ぶったものを口で咥《くわ》えられ、刺激されることにはなかなか馴れない。

与えられる快感に弱いと言うよりも、たぶん、自分のそれを十和田が咥えているというシチュエーション的な刺激に弱いのだろうと自分では思っている。

「あ、それ……だめです」

だからこの日も、十和田がそれを咥えようとするのを慌てて遮った。

「なんの問題があるんだ？」

「なんのって……」

早く達ってしまうのが恥ずかしいとか、十和田に咥えられていると思っただけで身体が熱くなってしまう自分の過剰反応が恥ずかしいとか、そこら辺の佑樹の気持ちを十和田はすでに知っているはずだった。

知っていて、恥ずかしがる佑樹の姿を見るためにわざと質問しているに違いない。

その証拠に、十和田は厚めの唇にそりゃ楽しそうな笑みを浮かべている。

「……意地悪」

ぷっと軽くふくれると、飴色の瞳が可愛いなぁと言わんばかりに細められた。

「まあな。恥ずかしがる顔も、そうやって拗《す》ねる顔も、全部俺にとっちゃご馳走なんだ。ちょっとぐらい苛《いじ》めさせてくれよ」

「そういう苛めって、普通の人は小学生の頃に卒業するものだと思ってました」

「馬鹿言え。これはガキの苛めじゃないぞ。大人の高等テクニックだ」

「なんですか、それ?」

「お約束の反応を楽しむのも、大人の作法ってことさ」

やっぱりよくわからない。

首を傾げる佑樹を、十和田は愛おしげに見つめてキスをする。

「しょうがないな。今日のところは勘弁してやる」

そのかわり、と続ける十和田は、また楽しそうな笑みを浮かべた。

「上に乗ってくれよ」

「上に？」

佑樹はなおも首を傾げる。

なにがどうなってそうなったのか、行為に夢中だったから余りよく覚えていないけれど、今までだって何度か上になったことならあるからだ。

「そうじゃなく、自分でここに指を入れて、広げてから挿《い》れてみなって言ってるんだよ」

十和田の手が伸びてきて、佑樹のお尻をぎゅっと摑む。

「あっ。そ……れは……」

（ど、どうしよう。そんなの、咥えられるより、もっとずっと恥ずかしい）

後ろでも感じられるとこの身体で知ってしまった以上、その行為は佑樹にとっては自慰も同然。

そんなディープな自慰行為、自分ひとりでするのだってためらいがあるのに、十和田の前でやるなんてもっと無理だ。

「それが駄目なら、やっぱりさっきの続きをさせてもらおうかな」

想像しただけで真っ赤になってしまった佑樹に、十和田が楽しげに笑って告げる。

どっちも嫌だという選択肢を思いつけなかった佑樹は、生真面目に悩んだ挙げ句、「協力してください」と妥協案を提示した。

「どんな風に？」

「自分で上になって挿れるので、その……広げるほうを手伝ってもらえると……」

「いいよ」

そのかわり、と嬉しそうに十和田が笑う。

「俺にお尻を向けて、早く広げてって言ってみな」

「もうっ、ふざけないでください」

さすがに佑樹が怒ると、十和田はオーバーアクション気味に肩を竦めた。

「ふざけてるんじゃない。浮かれてるだけだ」

「え？」

「おまえが俺のものになったのが嬉しくて、浮かれてるんだよ」

「……十和田さん、狡い」

大好きな人から、そんな風に言われてしまったらもう怒れない。

それどころか、なんでも言うことを聞きたくなってしまう。

佑樹はぷっとふくれたまま、十和田を押しのけて起き上がると、チューブのジェルを摑んで十和田の腹の上に自分から馬乗りになった。

「なに？　自分で広げてみせてくれるの？」

「……できれば、目をつぶってて欲しいんですけど」

「いや、それはできないだろう」

「じゃあ、もういいです」

それならばと佑樹はジェルを手に取ると、自分で目をつぶって嬉しそうな十和田を視界から追い出した。

腰を上げて、十和田がいつもしてくれるように、そこにジェルを塗り込めて、思い切って指を入れてみる。

ここ最近は二日と空けずに抱かれていたから、比較的すんなりと入れることができた。

「……ん……」

(やっぱり、いつもと違う)

佑樹の手は十和田のそれよりずっと小さいし、指も細い。

押し広げる役には立っても、肝心の喜びを感じるには物足りない。

覚えのある甘い痺れも、ほんのりとしか湧《わ》き出てこない。

(もっと……)

焦《じ》れた佑樹は、目を閉じたまま、後ろ手で十和田の身体を探った。

指先に触れた熱いものに、ぞくぞくっと背筋が甘く痺れる。

(これ……欲しい)

それをきゅっと握り込んだ佑樹の表情で、なにを思ったのかを悟ったようで、「もう挿れたい？」と十和田が聞いてくる。

素直に頷くと、握り込んだ佑樹の手に十和田の手が重ねられた。

「じゃあ、一緒にしごいて」

「は……い」

言われるままに手を動かすと、手の中でそれが存在感を増していく。

（いつも、これが僕の中に入ってくるんだ）

指では届かない奥深くまで突き入れられる、その甘い衝撃を思い出して、触れてもいない後ろが勝手にヒクついた。

（もう欲しい）

突き上げるような衝動に駆られた佑樹は、欲望のままに腰を上げ、それをひくついているそこに押し当てた。

「んん……あ……あ……」

ぐぐっと体重をかけて、奥へ奥へと飲み込んでいく。

「大丈夫か？　無理するな」

自分で唆《そその》かしたくせに心配そうな十和田の声も、もう耳には届かなかった。

「あ……届いた」

望んでいた奥深い場所に熱を感じて、思わずほうっと吐息が零れる。

だが、満足したのは一瞬で、すぐに物足りなくなった。

足りないのは、この熱で中を強く擦り上げられ、えぐられる愉悦。

どうすればそれを得られるのか、佑樹はもう知っている。

「はっ……あ……あん……」

十和田の腹に手を当て、大きく腰を揺らして、それを内壁に擦りつける。

（まだ……もっと……）

焦らすように、ゆっくりと注挿するその動き。

そんなに強くされたら壊れるのではないかと思わされるほどの、甘い衝撃を与えてくれるその激しさ。

覚えてしまったその喜びを再現すべく、佑樹は夢中で腰を動かした。

それでも、まだなにか足りない。

甘い吐息を零しながら、足りないものを求めてゆっくりと目を開ける。

視界に入ったのは、夢中で身をくねらせて自らの喜びに浸る恋人に、欲に染まった視線を向ける嬉しそうな男の姿。

この喜びを教え、与えてくれる、ただひとりの愛しい人。

「十和田さん」

佑樹は、求めていたものを見出した喜びで、その唇に笑みを浮かべる。

それは、普段の控えめな微笑みとはまったく違う、淫蕩な笑みだ。

「ね……もっと……もっとちょうだい」

十和田の腹から胸へと、佑樹はしなやかな指先をくすぐるように滑らせる。

やがてその指先は唇に到達して、それを追いかけるように佑樹の唇も十和田のそれに重ねられた。

「……ん」

夢中で舌を絡ませ、唾液を混じり合わせて、深いキスを交わし合う。

「……あっ」

ぐいっとお尻を掴まれ、強引に揺さぶられて、その衝撃に身体がしなやかに反り返る。

飲み込んだ熱をもっと感じようとして、喜びに震える自分の身体がきゅうっと締めつけるのを感じる。

「くっ。……佑樹。おまえ、最高だよ」

搾り取られそうになるのをすんでの所で堪えた十和田は、強引に佑樹と身体の位置を入れ替えて、上になった。

「ね……早く」

早くちょうだい、とねだる甘い声。

普段の佑樹からは想像もできない淫乱なその響きに、十和田もまた普段の気障さをかなぐり捨てた雄の顔で笑う。

「ったく、たまらねぇな。好きなだけくれてやる。だから、その顔、他の奴には絶対に見せるなよ」

「ん。僕を抱いていいのは、十和田さんだけだから」

「いい返事だ。……まあ、明日になったら忘れてるんだろうけどな」

だとしても、佑樹は正気だったら、その貞操観念にはなんの心配もない。

「十和田さん、早く……はやく、して」

佑樹が腕を広げて十和田を誘う。

「ああ、気を飛ばすまでやってやるよ」

佑樹がその首にしがみつくと、十和田は激しく動き出した。

「あっ……は……十和田さん……いい……」

激しく打ちつけられる度に、佑樹の唇からは甘い声が漏れる。

もっと愛しい男を全身で感じようと四肢を絡め、汗で滑る肌を擦り合う。

汗と唾液が混じった塩辛いキスの味にふたりで笑い、笑いながら喘《あえ》いで、喜びを与え合う。

欲望と歓喜に満ちた夜。

ふたりは、身も心も満たされる喜びにただ酔いしれた。

8

「おはようございます」

翌朝、ふたりが朝食を食べていると、唐突に五百川が訪ねてきた。

「早めに手を打ったほうがいいようなので、会社に行く前に相談しようと思いましてね」

茶の間に招き入れると、五百川はテーブルの上に並んだ朝食のメニューを見て微笑ましそうに目を細める。

「おや、朝からおでんですか」

「昨夜食べ損ねてしまったので……。五百川さんも少しいかがですか？」

「いいですね。ちょっといただきましょうか」

嬉しそうに応じた五百川は、おでんを食べつつ、事情を説明してくれた。

「哲矢くんね、どうやら薬物に手を出してしまったようなんですよ」

「そんな……」

自分自身の日常とはあまりにもかけ離れた話に、佑樹は口元に指を当てて絶句した。

そんな佑樹に変わって、十和田が質問する。

「覚醒剤ですか?」

「いえ、まだそこまではいってなかったようです。脱法ハーブですよ」

高校生までは真面目な優等生だった哲矢は、これからは遊ぶぞと大学に入学してはしゃいでしまったのだそうだ。

所謂、大学デビューで、遊び慣れなかったせいもあって、遊びの止めどころの判断がつかなかったらしい。

悪い仲間に唆されるまま、脱法ハーブの売人の真似事までやりはじめて、普通に遊んでいる友達連中から避けられるようになり、そこではじめて自分がまずい領域に足を踏み込みつつあるのに気がついたのだ。

「それで、悪い仲間から抜けようとしたんだそうですよ」

「で、すんなり抜けられず、逆に今までの悪行を盾に取られて脅されたってところですか?」

「まさに、その通り」

――抜けるつもりなら、大学側におまえがやっていたことをチクる。大学構内で脱法ハーブの取引を斡旋《あっせん》してたってわかったら、どういうことになるかわかってるよな?

脱法ハーブへの法的取り締まりの強化が叫ばれている今、もちろん退学は免れないだろう。

そもそも、哲矢が大学デビューすることになったのは、その大学に入りたいがために脇目もふらず必死で勉強してきたためだった。

当然、退学になどなりたくはない。

かといって、このまま彼らとのつき合いを続けていたら、いずれは同じことになるだろう。

「それで金で手を打つことにしたってわけですか」

「ええ。で、まあ、外見が派手になった頃から、ご両親とはうまく行かなくなっていて、相談することも素直に頼ることもできなかったと。困って、悩んでいたときに、そういえば、自分には金持ちの兄がいたはずだと思い出したんだそうです」

「僕を……」

「はい。で、そのことを悪い仲間に言ってしまったんだそうですよ」

自分にはとんでもない金持ちの異母兄弟がいる。父親が遺産相続権を放棄しなかったら、その金の半分は自分の家に入っていたはずだから、頼めば、少しぐらいは融通してくれるかもと……。

その話を聞いた悪い仲間達は、いい金蔓が見つかったかもしれないと彼らの上部組織に報告し、そして佑樹の身辺が騒がしくなっていったのだ。

「その上部組織ってのは、やっぱりヤクザですか？」

「ええ、困ったことに……。高田組だそうです」

「うわっ、よりによって」

「そこって、怖い所なんですか？」

暴力団の名称など知らない佑樹が不安になって聞くと、ふたりは同時に深く頷いた。

「日本で五指に入る組織です。武闘派ではなく、経済ヤクザと言われるところでね。だからこそ、佑樹くんが目をつけられたのはまずいんですよ。執念深いことでも知られている組織ですし、単純な武闘派と違って、どんな手を使って攻めてくるかもわからないのでね」

「五百川さんなら、ヤクザ関係にも繋がりがあるんじゃないですか？」

（なんてことを）

父親のように慕っている五百川のことだけに、佑樹は十和田のこの発言に驚いた。

いくらなんでも失礼だろうと思ったのに、「あることはあるんですけどね」という五百川の発言に、え⁉　あるんだ、と更に驚く。

「高田組とは対立しているところなんですよ。下手に頼むと抗争に発展します」

「それはまずいですよ」

「ええ、まずいんです。ですからね、哲矢くんには、自分で警察に行ってもらって事情をすべて話してもらおうかと思います」

「え、ちょっ、ちょっと待ってください」

佑樹は慌ててふたりの会話に割り込んだ。

「警察は駄目です。そんなことしたら、あの子の将来が滅茶苦茶《めちゃくちゃ》になってしまう」

「それは自業自得だろう」

冷たい調子で十和田が言い、「そうですよ」と五百川が続ける。

「佑樹くん、昨夜は運良く君の居場所を発見できていたからよかったけれど、もしも見つけられなかったら、自分が今ごろどういう目に遭っているか理解していますか？」

「殴られたり、脅されたりしてただろうってことぐらい、理解してます」

「ほら、やっぱり理解してない」

「ですね。——あのな、佑樹」

十和田はまっすぐ佑樹の視線を捕らえて話した。

「もしも昨夜助けられてなかったら、おまえは今ごろ薬物を打たれてトリップしてるか、奴らに犯されて証拠映像を撮られるかしてたぞ」

「犯されるって、そんなこと」

いくらなんでもあるわけないと言おうとしたら、「あるんだ！」と十和田に怒られた。

五百川も肯定するように、うんうんと頷いている。

「どちらの場合も、脅迫の材料としては最適です。奴らから逃げるには、身を切る覚悟をしなきゃならなくなるんですよ。——そして、哲矢くんはすでにその段階に入ってるんです」

脱法ハーブを他人に売ったという証拠を摑まれている以上、もはや彼らの手からは逃れられない。ここで対処を誤ると、ずるずると一生つきまとわれることになると、五百川が言う。

「そうならないためにも、今、身を切る覚悟が必要なんですよ」

「でも……なんとかしてあげたいです。あの子にやり直すチャンスをあげられませんか？」

連れて行かれたあの薄汚いアジトで、哲矢が不意に見せた仕草に、佑樹は確かな血の繋がりを感じた。

この先、兄弟として親しくなれる日がくるかどうかはわからないけれど、それでも兄としてできるだけのことをしてあげたい。

箱入りの世間知らず故の甘い考えかもしれないけれど、ここで引いたらきっと佑樹自身が一生後悔することになるだろうから……。

「そのためになら、僕にできることはなんでもします。お金で解決するなら、この屋敷を処分したっていい」

そう佑樹が言うと、「これだから……」と十和田と五百川が顔を見合わせ、溜め息混じりに異口同音で言った。

「この場合、ああいう手合いには一円だって払ったら駄目ですよ。一文なしになるまでヒルのように吸いつかれますからね」

「だったら、どうしたらいいんですか？」

「諦めてください。哲矢くんが自分のやったことの尻ぬぐいができたら、その後のことは私が責任を持ちます。本人のやる気さえあれば、一部上場企業は無理でも、それなりの会社に就職させてあげることだってできますよ」

それは保障しますからと、五百川は言う。

それでも佑樹は、頑固に頷かなかった。

「入りたくて入った大学なら、なおのことときちんと卒業させてあげたいんです。僕は中途半端に退学してしまったし……」

緑陰庵を継ぐために大学を中退したことを、本当にこれでよかったのだろうかと佑樹自身迷うことがあった。

人生において大切な経験をするチャンスを自ら放棄してしまったような気がして……。

十和田との関わりの中で、緑陰庵が今では自分だけの店になっているのだと気づいてからはその迷いも消えたけれど、それでもやはり少しだけ中途半端に終わらせてしまった学生時代に対する未練のような気持ちはどうしても残っている。

周囲に勧められるままに進学した大学でもこうなのだから、入りたいと熱望していた大学を中退することになる哲矢がどれほどの苦しみを背負うことになるのか、想像するのは難しくない。

きっと哲矢は、真面目に頑張ってきた甲斐あって目標である大学に入学したことで、気が緩んでしまったのだ。今まで遊ばなかった分を取り戻そうとして、ちょっとだけ羽目を外すつもりだったに違いない。

それがこんな大事になるとは思いもせずに……。

（わかってなかったんだ）

自分が足を踏み入れた遊び場が、どんなに危険な場所なのか。

それがわかったときには、もう自分ひとりの力では抜け出せなくなっていたのだろう。

愚かなほどに無知であるという点においては、佑樹だって負けてない。

佑樹もまた、自分が危険な立場にあることをわかっていなかった。

十和田の忠告に従わずにのこのこ出向いて危険な目に遭ったばかりだし、助けに来てくれる人達が居なかったら自分がどうなっていたのかすら、ついさっきまで本当には理解していなかった。

助けてもらえていなかったら、心と身体にいったいどれだけの傷を負うことになったかと想像するだけでぞっとする。

きっと自分の迂闊《うかつ》な行動を、この先ずっと後悔し続けることになっていただろうから……。

（あの子にも後悔させたくない）

馬鹿だったと反省する必要はあるけれど、一生引きずるほどの後悔は背負わせたくない。

まだ成人前で社会的には子供なのだ。

甘いかもしれないけれど、元のレールに戻ってやり直せるものならば、そのチャンスをなんとかして与えてあげたいと思う。

「こんなはずじゃなかったって後悔するような人生を送らせたくないんです。どうか、お願いです。なんとかして助けてあげてください」

佑樹のそんな言葉に、「これだから……」とふたりが苦笑する。

そして、頑固なお人好しの願いを叶えるべく、仕方ないなと知恵を絞ってくれたのだ。


最終的に、ことを収めるためのカードを切ってくれたのは十和田だった。

「以前、某大企業のオーナーの依頼で、ちょっと危ない橋を渡ったことがあるんだ。で、そのお礼に『なんでもひとつ願いを叶えてもらえる権利』を貰ってる」

それを使おう、と十和田が言う。

「なんでもって……。随分と範囲が曖昧な言葉ですけど、大丈夫なんでしょうか？」

「大丈夫ですよ。私達が手を貸したときは、先方も窮地に陥っていてろくな権力も持っていませんでしたが、現在では国内でもトップクラスの大企業と言われるまでに発展してますからね。政財界の横の繋がりを使えば、経済ヤクザの頭を押さえることもできるでしょう。ことが首尾良く進めば、哲矢くんが警察に出向く必要はなくなるし大学も辞めなくてもよくなります。――ただし、別口でお仕置きはさせてもらいますけどね」

「お仕置き？」

「はい。まずは、自分でご両親に今回の一件を包み隠さず白状してもらいます。その後一年ほど休学してもらって、私の知人の寺にでも放り込んで、安易に薬物に手を出すその性根をたたき直してもらいます」

「一年もですか？」

ちょっと長すぎるんじゃないだろうかと佑樹は思ったのだが、甘いと五百川に怒られた。

「この条件を哲矢くんが飲まなければ、彼を助ける話は白紙に戻します。一生の後悔と一年の後悔と、どちらがましだと思いますか？」

「それは、もちろん一年のほうが……」

「でしょう？　彼がこの一年の遠回りで得るものは、その先の人生を豊かにするだけの価値があるものだと思いますよ」

「そうなってくれればいいんですけど……。――あ、でも、十和田さんは、それでいいんですか？　せっかくの権利を、哲矢くんのために使ってしまって後悔しませんか？」

「馬鹿言え。ろくに知りもしない大学生の小僧のために大事な権利を使うもんか。俺は、おまえの願いを叶えるためにこの権利を使うって言ってるんだ」

俺は丸ごとおまえのものだからなと、十和田が気障に笑う。

佑樹はその気障な笑みにぽうっとしながらも、嬉しくて十和田に微笑み返した。

「それに、この権利は、たぶんこういう形で使うのが正解なんだ」

『情』という目に見えないものに釣られて、十和田達は鷹取聡一《たかとりそういち》に力を貸した。

だからこそ鷹取聡一は、多額の報酬という目に見える謝礼だけではなく、『権利』という報酬を与えることで、自らが受けた目に見えない恩義を返そうとしてくれたのだろう。

『情』で協力したことで与えられた恩義を、『情』を守るために使う。

これ以上の使い道はないだろうと、十和田が言う。

「私も同感ですね。――ところでおふたりさん？」

笑い皺《しわ》をくっきり際立たせて、五百川がにっこりと笑う。

「なんですか？」

「いつの間に、十和田くんは、丸ごと佑樹くんのものになったんですか？」

やばいっと、思わずふたりは顔を見合わせた。

どうしよう、とおろおろして佑樹が目線で訴えると、十和田は安心しろと言わんばかりに飴色の目を細める。

そして、五百川にまっすぐ向き直った。

「俺はかなり前からそのつもりでいましたが、正確にそういうことになったのは昨夜です」

「私が、佑樹くんには遊びで手を出してはいけないと言ったことを覚えてますか？」

「もちろん。――俺は遊びではなく本気です」

「なるほど、そうですか。――佑樹くん？」

「はい！」

佑樹は緊張しつつも、ここが踏ん張り処だと、十和田を見習ってまっすぐ五百川に向き直った。

そんな佑樹に、五百川は「よかったですね」と微笑んだまま言った。

「え？　あれ……えっと……」

「佑樹くんの気持ちには、最初から気づいてましたよ。君が、自ら進んで誰かを自分の元に呼び寄せようとするなんて、はじめてのことでしたからね。うまく行くよう、密《ひそ》かに祈ってました」

「つまり、俺に同居するように勧めたのも？」

「佑樹くんの望みを叶えてあげたかったんですよ。……まあ、相手が君だから、ちょっと心配でしたが、丸ごと手に入れられたのならもう大丈夫でしょう」

よかったよかったとにこにこする五百川とは裏腹に、俺は手の平の上で転がされてたのかと十和田は仏頂面だ。

「あの……ありがとうございます」

こうして、なにも言わずとも気持ちを思いやって、ちゃんと見守ってくれている人がいる。

なんて幸せなんだろうと思いながら深々と頭を下げた。

「あ、でも、十和田さんだけじゃないんですよ」

「はい？」

「僕も、丸ごと全部十和田さんのものなんです」

佑樹としては幸せ自慢のつもりでそう言ったのだが、それを聞いた途端、五百川はむっちゃいい笑顔になって、ぐるっと十和田を見た。

「十和田くん、私は君を信用してもいいのかな？　君は、大金が絡むと少しばかりこすっからいところが出てくるから心配ですよ」

「や、やだなぁ、五百川さん。大丈夫ですって」

増やしこそすれ減らしたりはしませんよと、ぺろっとなにかやらかすつもりでいることを十和田が素直に白状する。

「……佑樹くんの財産を動かすときは、必ず私に報告するように。でないと……」

わかってますね？、とむっちゃいい笑顔で五百川が脅す。

「充分わかってますって」

十和田が、へらっと誤魔化《ごまか》すように笑う。

その笑顔を脇から見ていた佑樹は、自分の前では見せない十和田の一面に思わず小さく笑ってしまっていた。

（十和田さん、子供みたいだ）

それも怖い教師に頭を押さえつけられて、はいはいわかりました〜と、開き直って全面降伏する子供だ。

反抗することも、その場から逃げることだって本当はできるのに、あえてその場に留まって、教師とのそんなやり取りを楽しんでいるような……。

(十和田さんも、僕と一緒なんだな)

五百川のことを父親のように尊敬しているし、とても大切に思っている。

同じ感情のベクトルを持ち合わせていることが嬉しかった。

「大丈夫、五百川さんの目が黒いうちは、絶対に悪さはしませんよ」

「それなら、誰よりも長生きしないとね」

「よろしくお願いします」

「是非そうしてください」

佑樹と十和田の言葉が重なる。

そんなふたりを、五百川は好々爺の微笑みを浮かべて眺めていた。

それから二週間後、十和田はひとり暮らしをしていたマンションを引き払い、本格的に佑樹の家へと引っ越してくることになった。

もう必要のない家電類は欲しがる部下達に無償で引き取らせ、それまでマンションで使っていた家具類も、近江家の雰囲気に合わないからと言ってすべて同じように処分した。

大物がない分だけ引っ越しは楽で、書籍類や服などが入った段ボールはあっという間にこれから使う部屋へと運び終わる。

「うん、やっぱり、この眺めは最高だな」

佑樹が一番最初に勧めた二階の部屋を自分の書斎に定めた十和田は、窓から庭の景色を見下ろしてご機嫌な様子だ。

寝室のほうは一階で、比較的風呂場や茶の間に近い部屋になっている。

冬場の風呂上がりに冷たい廊下を延々と歩くのが嫌なのだそうだ。

(前の部屋に来て欲しかったな)

佑樹の部屋は屋敷内でも奥まった場所にあるから、同じ屋内でも十和田が新しく寝室に選んだ部屋とはけっこう遠い。

一緒に寝ない夜などは、きっと十和田の気配を感じ取ることもできないだろう。

せっかくひとつ屋根の下で暮らすのに、それではちょっと寂しいような気がする。

「さて、まずは本を片づけるか」

「お手伝いします。あ、でも、寝室のほうの片づけをしたほうがいいですか？　お洋服なんかは、早めにきちんと仕舞わないと皺になるかもしれないですし」

佑樹は、腕まくりをしている十和田に聞いた。

「そうしてもらえると助かる。――おまえのほうはもう済んでるのか？」

「はい？」

「部屋の引っ越しだよ。着替えなんかは移動させておいたほうが楽だろう」

「え？　僕も引っ越しするんですか？」

「しないのか？」

口元に指先を当てて驚いている佑樹を、十和田が怪訝そうに見る。

「普通、恋人と同居したら寝室は一緒だろう？」

「ああ、そうか……。そういうものなんですね」

物心ついたときから両親は別居していたし、佑樹自身、十和田とこんな関係になるまでは誰かと同じ部屋で眠るなんてことはなかったから、日常的に寝室を共にすることに思い至らなかったのだ。

「当たり前だろう。俺は家庭内別居なんて嫌だぞ。夜におまえの部屋まで、暗い廊下を延々歩くのも面倒だしな。……っていうか、この家、夜は静かすぎるんだよ」

独り言のようにぼそぼそと続けた言葉に、そういえばと佑樹は反応した。

「十和田さん、幽霊が怖いんでしたっけ」

「ばっ、違う！　俺はだな。ただ単に、寝室が別なのが嫌なだけだ。いつだっていちゃいちゃしてたいんだよ。それに、ふたりで寝たほうが温かいだろうが」

（……やっぱり、怖いんだ）

いつもは余裕の十和田の、この狼狽えっぷりが答えだ。

違うと言い繕うさまがなんだか可愛いなぁと思いつつ、佑樹は微笑んで頷いた。

「確かに、一緒のほうが温かいですね」

身も心も温かいし、なにより一緒にいるとほっと安心できる。


ただ惰性で同じ日々を過ごすだけだった佑樹の人生を劇的に変えてくれた人。

同じ幸せを求めて、共に歩むただひとりの人。

本当に安らげる温かな場所を佑樹は見つけた。

その幸せに自然と口元もほころぶ。


「それでは僕は、寝室のほうの準備を整えておきますね」

「ああ、頼む」

「はい」

佑樹は軽やかな足取りで、望む幸せな未来へと一歩を踏み出した。

懐かしい庭

きっかけはピロートークだった。

事が終わった後の甘い気怠《けだる》さに十和田《とわだ》の胸に凭《もた》れながら、佑樹《ゆうき》はその鼻にちょんと指先で触れてみる。

「こら、なにをする」

「ふふっ。なんだか触ってみたくなって」

「まあ、目立つからな」

十和田は特徴的な自分の鷲鼻《わしばな》を、ちょいと親指で軽く擦《こす》る。

「ガキの頃は、これと、妙にくっきりした顔立ちのせいでよくからかわれたよ。おまえのカーチャン、外人さんと浮気したんじゃないかってさ」

「そんなこと……」

悪い記憶を呼び覚ますきっかけを作ってしまったかと佑樹が顔色を曇《くも》らせると、「そんな顔するな」と十和田に頬《ほお》を撫《な》でられた。

「早々に開き直ったから、黒歴史ってほどじゃない。逆にネタにしたり、わざと外人さんみたいなオーバーアクション気味なリアクションをしてみせてたよ」

それが癖になって、今でもこの通りだと十和田が笑う。

「それに、この鼻は、大好きな祖父《じい》さんからの遺伝だしな」

「お祖父さまと似てらっしゃるんですか？」

「ああ。……いや、違うか。若い頃の写真を見るとそっくりなんだが、今はもうこの特徴的な鼻しか似てないよ」

庭師として四季すべてを屋外で過ごし、直射日光に晒《さら》されてきた肌には深い皺《しわ》が刻まれて、実年齢よりずっと老けて見える。

だが、そこがいいと十和田は言う。

「手もシワシワで腰も曲がりかけているが、それも実直に働いてきたせいだからな。俺は自分がこんな奴だから、ああいう生き方は尊敬に値すると思ってるんだ」

「こんな奴？」

それは、どんな奴だろうと、いつもの癖が出て引っかかった佑樹が首を傾《かし》げると、その顔を見た十和田はふっと目を細めた。

「これも違うか。――昔は適当にひらひら生きていたが、今の俺はここに根を下ろしたんだ。祖父さんが自分が手がけてきた庭を自慢しまくるみたいに、いつかは俺も、自分のやってきたことを鼻高々で自慢できるようにならないとな」

おまえがずっと微笑んでいられるように、と頬を撫でながら告げられて、佑樹は十和田の手の平に包まれた頬をふっくらさせた。

「いつか、お祖父さまご自慢の庭を見てみたいです」

「いつか、なんて言ってたら、いつまで経《た》っても動けないぞ。次の休日にでも行こう」

「え、でも、大丈夫なんですか？」

十和田の祖父は雇われ庭師なのだから、手がけている庭の所有者は他にいる。その敷地内に勝手に入ることはできないだろうと佑樹は不安だったのだが。

「大丈夫。屋敷内はさすがに無理だろうが、庭なら通してもらえる。ガキの頃に世話になってたこともあるし、祖父さんの孫だって一目でわかるから、俺は顔パスなんだ」

十和田が自分の鼻を指差す。

そして、その週末のデートコースは決まったのだった。


洋風の大きな門のインターフォンで十和田が一言二言挨拶《あいさつ》しただけで、あっさり中に招き入れられた。

「ほんとに広いですね」

鷹取聡一《たかとりそういち》という男が所有者だというその屋敷の庭の広大さに、佑樹は目を丸くする。

「おまえん家だって広いだろう。裏庭のほうの敷地も入れれば、ここと どっこいどっこいなんじゃないか？」

たまに業者を入れて下生えの草を刈ったりして手入れはしているものの、基本的に佑樹の家の裏庭はジャングル状態だ。

だが、そこもすべて綺麗《きれい》に整備をすれば、ここぐらいの広さはあるだろうと十和田が言う。

「まあ、整備するのが一苦労だろうがな」

「ですね。それを思うと、十和田さんのお祖父さまは本当に凄《すご》いですよ」

植物は放っておけば伸びるし、病気になって枯れることもある。それぞれの種類によって、四季それぞれ手入れの仕方も違う。

これだけの広い庭を観賞に堪える状態に維持し続けるために、どれほどの労力と根気が必要か。それを想像しただけで頭が下がった。

「祖父さんがひとりでやってるわけじゃない。他にも若い庭師が何人かいるよ」

ふたりは肩を並べて庭を歩く。

大きな屋敷の正面には、門へと続く道路を挟むようにして広大な芝生《しばふ》が広がり、整然と木々が並んでいるフランス式の庭園になっている。

更にずっと奥のほうへと進むと、自然の景観美を追求したイギリス風の庭園へと変化していく。そのところどころに冬咲きの花々が顔を覗《のぞ》かせていて、自然風に見えても細やかな気遣いで計算され尽くした庭なのだということがわかる。

「ああ、いた。——祖父さん!」

若い頃からほぼ年中無休で仕事をしていたという十和田の祖父は、この日も自らの仕事場で働いていた。

「繁之《しげゆき》、来たか。友達も一緒か」

十和田達の姿を見つけた庭師は、作業の手を止めて腰を伸ばす。

(本当に似てない)

特徴的な鷲鼻は十和田に似ているが、確かにそれ以外はさして似ていない。

背も低いし、よく日に焼けた顔に、まるで年輪のように刻まれた深い皺は、気障《きざ》な孫と違って実直そうな雰囲気を醸しだしていた。

「いや、彼は友達じゃなくて恋人だ。美人だろう?」

十和田がぺろっとそう言った途端、佑樹と庭師はピタッと固まった。

年の功か、先に復活したのは庭師のほうで、「ああ、たいしたべっぴんさんだ」と手袋を取った手を佑樹に向かって差し出してくる。

「近江《おうみ》佑樹です。よろしくお願いします」

佑樹はその手を握りかえしつつ、緊張した面持ちで答えた。

「よろしくな。——気が済むまでゆっくり見ていけ。三時になったら執事夫妻がお茶に招待してくれるそうだから、ふたりとも屋敷のほうに行くといい」

「わかった。じゃあ、後で」

あっさりと会話を打ち切って十和田が再び歩き出し、佑樹は庭師に頭を下げてからその後を追った。

「ご家族にはカミングアウトしていないんですよね？　僕のことを言ってもよかったんですか？」

「ああ。祖父さん以外の家族は気づいてるっぽいし……。それに、この屋敷の主もお仲間らしいんだ。だから祖父さんも免疫ができてるはずだ」

さっきもあんまり動じてなかっただろう？　と問われて佑樹は頷《うなず》いた。

「そうですね。――あの……」

「ん？」

「大好きなお祖父さまに、きちんと紹介していただけて嬉《うれ》しいです」

「うん。俺もおまえを自慢できて嬉しかった」

「お祖父さまはお幾つになられるんでしょう？」

「八十二、三だったたっけかな？　普通だったら隠居してる歳《とし》なんだが、身体《からだ》が動かなくなるまで仕事を続けるって言い張ってるよ」

「お仕事が本当にお好きなんですね」

「ああ。家族サービスなんて一切しないで仕事ばっかりだったから、よく祖母《ばあ》さんが愚痴ってたな。あの人は、家族よりあの庭のほうが大事なんだって……。あんな男に惚《ほ》れるんじゃなかったっても言ってたか」

「それは……」

なんだか少し悲しい話ですねと佑樹が続ける前に、

「ああ、そうか！　そういうことか」

と、オーバーアクション気味に十和田が自分の額《ひたい》を叩《たた》いた。

「どうかなさったんですか？」

「ん？　いや、思い出したんだよ。俺が、ひらひらと自由に生きていたいって思うようになった原因ってのが、祖母さんのその愚痴だったたってことをさ」

あんな男《ひと》に惚れるんじゃなかった。出掛けるのを見送って待つばかりなんてつまらない。

あの男に惚れさえしなければ、もっとひらひらと楽しい人生を送れたかもしれないのに……。

恋愛がどんなものかもまだわからない幼い頃、何度も聞かされたそんな祖母の言葉が脳裏に刷り込まれて、自由に生きることこそが貴いことだと思い込むようになってしまった。

そんな風に十和田が言う。

「そうだったんですか」

子供の頃の体験が、後々まで影響を及ぼすことがあると、佑樹も身をもって実感しているから、この話は引っかかることなくすんなり納得できる。

「お祖母さまはずっと不幸だったたんですね」

なんとなくしょんぼりしてそう呟くと、隣りを歩く十和田はオーバーアクション気味に肩を竦《すく》めた。

「いや、それは――」

★

(繁之もそうだったとはな)

庭師は、孫のカミングアウトに少しばかり驚き、そしてどうりで結婚話が出なかったわけだと納得した。

男同士だということに関しては特になにも思わない。

この屋敷の主が、そうだと知ったときもさほど驚かなかった。

実をつけない花でも、花は花。

その美しさになんら変わりはないからだ。

(儂《わし》らの時代では、考えられない話だがな)

もちろん、そういう者もいることはいたが、あまりおおっぴらにされることではなかった。

ここの今の主は、まだ高校生の少年を生涯の伴侶《はんりょ》と言ってはばからないが、庭師が若い時分だったら、そんなことを公表すること自体、周囲が許さなかっただろう。

その相手を他人の目に触れない場所に幽閉して、事実を知るもの達に厳しく口止めして、なかったことにしようとする。

伴侶ではなく、せいぜいうまくいって愛人止まりだったはずだ。

——結婚祝いに、おまえに家をやるよ。ついこの間まで父が愛人を囲っていた家だ。

遠い昔に聞いた、先代の主のそんな声が脳裏に甦《よみがえ》る。

——いずれは父を真似て僕もあの家に愛人のひとりも囲うつもりで譲り受けたが、気が変わった。おまえにやるよ。僕から恵まれた家で、新妻と暮らすがいいさ。

十歳以上年下の、まだ少年と言っていい年齢の主は、相手に押し切られるように結婚を決めた庭師の報告に拗《す》ねたように唇を尖らせた。

怠惰で無気力な大人に成長した主は、仕事をさぼってはワインの瓶を手によくこの庭に来たものだ。

庭木に寄りかかるようにして芝生に腰かけ、ワインを飲みながら庭師の仕事をただぼんやり眺めていた。

やがて四十代を目前に控え、周囲の圧力に負けて政略結婚が決まったときは、嫌だ嫌だと散々愚痴られた。

結婚なんかしたくない。愛してもいない女を抱いて子供を作ったところで、愛せるとも思えないと……。

自分の血を分けた子供は可愛《かわい》いものですよと、自分の実体験からの助言をしたこともあったが、彼は結婚後、数年を経てやっと産まれた子供を愛せなかったようだ。

妻となった女性が若くして死んだ後は、その養育を執事夫妻に任せきりで、気にかけることすらしなかった。

——愛せはしなかったが、子供の成長は楽しみだ。あれが大人になったら、さっさと事業を譲り渡して引退できるからな。そうしたら、一日中ここでおまえの仕事ぶりを眺めながら酒を飲んでいられる。

少し酒量を控えたほうがいいですよという庭師の忠告を無視してワインを呷《あお》っていた主は、その日が来る前に身体を壊してあっという間に亡くなった。

まだ六十代、少しばかり早過ぎる死だった。

そして庭師は、ここでひとり変わらず仕事を続けている。

ぼんやりと見つめてくるあの視線を、たまに懐かしく思いながら……。

（あれが今だったら……）

昔ほどには身分の差が厳しくなく、愛の形にも寛容な時代だったらと、ふと思う。

結婚すると報告した庭師を、拗ねた目で見つめた少年。

愛してもいない女と結婚なんかしたくないと愚痴った男。

早く引退して、酒を飲みながら一日中おまえの仕事ぶりを眺めていたいと言った初老の男。

その時々に感じた奇妙な胸の疼《うず》きから目をそらさず、もう一歩踏み出すこともあったのだろうかと……。

(……わからん)

もはや人生の終焉を待つばかりの庭師は、すでに枯れ木も同然。

花を咲かせるどころか、蕾《つぼみ》すら作ることもできはしない。

(シワシワのジジイが考えることではないな)

元々が無骨な質《たち》で、その手のことには疎い。

自分にできるのは、かつての主が長く過ごしたこの場所を、変わらない形で維持し続けることだけだ。

(どうせ、もうじき会えるだろう)

この枯れた身体を脱ぎ捨てて身軽になれば、また気持ちも変わるだろう。

かつてに主に、なぜそうも執拗《しつよう》にこの自分を見つめていたのかと問うこともできるかもしれない。

それまではここを守り続けるだけだ。

ふたりで過ごした記憶が色濃く残る、この庭を……。

★

「いや、それは違う。いつも祖母さんは幸せそうだったよ」

「愚痴っていても？」

「祖母さんは、祖父さんに惚れていたから愚痴っていたんだ。仕事を終えた祖父さんが家に帰ってくると、いつも嬉しそうにいそいそと玄関先まで出迎えていた」

——毎日、必ず家に帰ってきてくれるからいいけど……。

祖母の愚痴は、いつもそんな言葉で締めくくられていたのだと十和田が言う。

「毎日顔を見ていられるだけでも幸せだっていう気持ちなら、僕にもわかります」

恋人どころか、遊び相手にしてもらえるかどうかすらわからなかった頃、十和田の顔を見て、ただ側にいられるだけで本当に幸せだった。

あの頃の気持ちを思い出して、佑樹はほんのり微笑む。

「見ていられるだけで幸せ……か」

十和田は佑樹の微笑みに、飴色の目を細めた。

「その境地は俺にはわからないな。見たら触れたくなるし、こういうことだってしたくなる」

軽く屈《かが》んだ十和田の唇が、佑樹の唇に軽く触れる。

「こ……んなところで……。もう、誰かに見られたらどうするつもりですか」

「当然、自慢するさ。いつでもどこでもいちゃいちゃしたいぐらい仲のいい恋人同士だってな」

「お祖父さまの仕事場では駄目です」

誰に見られるかもわからないし、そもそも不謹慎ですよと、自らの唇を指先でガードしつつ十和田に注意する。

（その気持ちは、僕にもわかるけど……）

見ていられるだけでも幸せだったのは、その先の未来を知らずにいたからだ。

こうして、当然のように側にいて、触れてもらえる喜びを知った今では、ただ見つめるだけでは物足りなく感じてしまう。

知ってしまえば欲が出て、もうプラトニックではいられない。

いたいとも思わない。

指の下に隠した唇に、佑樹はうっすらと微笑《ほほえ》みを浮かべた。

「ふたりきりのときなら、いつでもどうぞ。大歓迎です」

「まずいな、今すぐ家に帰りたくなってきた」

十和田が、オーバーアクション気味に肩を竦める。

気障な雰囲気が漂う笑みを浮かべるその唇に、毎日触れることができる幸せに、佑樹は胸をときめかせた。

あとがき

こんにちは。もしくは、はじめまして。黒崎あつしでございます。

この冬の寒波にやられて、生姜と湯たんぽが手放せない日々を過ごしております。

今年は着る毛布も導入して、寝床をぬくぬくにしてみました。

そのぶんだけ寝床から出るのが辛くなってしまいましたが……。


さてさて、今回のお話は『お嫁さんになりたい』から続く、スピンオフシリーズの五作目。

前作『お婿さんにしてあげる』にちょろっと顔を出していた、鷲鼻の遊び人に恋をする初心な青年が主人公です。

主人公もそれなりの年齢なので、大人っぽい作品になるかな？　と思っていたのですが、描きはじめたら予想とは真逆になってしまいました。

不器用に恋をする主人公を描くのは照れ臭かったりもするのですが、それでもやはり楽しかったです。

少しでも皆さまに気に入っていただければ幸いです。

イラストを引き受けてくださった高星麻子先生に心からの感謝を。
艶のあるキャラに仕上げてくださってありがとうございます。
お気に入りのキャラに素敵なイメージを加えていただけて嬉しいです。
いつも明るく背中を押してくれる担当さん、迷惑をかけてごめんね。ありがとう。

この本を手に取ってくださった皆さまにも心からの感謝を。
読んでくださってありがとうございます。
皆さまが、少しでも楽しいひとときを過ごされますように。
またお目にかかれる日がくることを祈りつつ……。

二〇一二年十二月

黒崎あつし

✦初出　一夜妻になれたら……………書き下ろし
懐かしい庭………………………書き下ろし

黒崎あつし先生、高星麻子先生へのお便り、本作品に関するご意見、ご感想などは
〒151-0051 東京都渋谷区千駄ヶ谷 4-9-7
幻冬舎コミックス　ルチル文庫「一夜妻になれたら」係まで。

幻冬舎ルチル文庫

一夜妻になれたら

2013年1月20日　　第1刷発行

✦著者	黒崎あつし　くろさき あつし
✦発行人	伊藤嘉彦
✦発行元	株式会社 幻冬舎コミックス 〒151-0051 東京都渋谷区千駄ヶ谷 4-9-7 電話 03(5411)6432［編集］
✦発売元	株式会社 幻冬舎 〒151-0051 東京都渋谷区千駄ヶ谷 4-9-7 電話 03(5411)6222［営業］ 振替 00120-8-767643
✦印刷・製本所	中央精版印刷株式会社

✦検印廃止

ISBN978-4-344-82723-3　C0193　Printed in Japan

「幻冬舎ルチル文庫」
大好評発売中

発行●幻冬舎コミックス　発売●幻冬舎